Immer nur mit dir -
Nele&Leo
Brausepulver-Momente
Band 1

Leonie Lemmer

Immer nur mit dir
Nele & Leo

Brausepulver-Momente Band 1

Roman

Bibliografische Information der Deutschen
Nationalbibliothek: Die Deutsche Nationalbibliothek
verzeichnet diese Publikation in der Deutschen
Nationalbibliografie; detaillierte bibliografische Daten sind
im Internet über dnb.dnb.de abrufbar.

1. Auflage
© Leonie Lemmer, 2023
Lektorat: Katrina Flamann
Umschlaggestaltung: Myriam Reuter unter
Verwendung von Bildmaterialien von Canva
Buchsatz: Anna-Theresia Dersch (Thesi-Design)
Herstellung und Verlag: BoD - Books on Demand, Norderstedt

ISBN: 978-3-7583-1169-7

Nele

Pochende Kopfschmerzen und Sonnenstrahlen, die mitten in mein Gesicht scheinen, wecken mich an diesem Morgen. Blinzelnd versuche ich, die Augen zu öffnen, was ich augenblicklich bereue.

„Nie wieder Alkohol!", stöhne ich und kreise mit zwei Fingern an meinen unerbittlich pulsierenden Schläfen, was jedoch keine Linderung verschafft. Der gestrige Abend war vielleicht doch etwas zu viel.

„Dasselbe haben wir letztes Neujahr schon gesagt, es hat uns trotzdem nicht vor einer Wiederholung bewahrt", kichert Lana.

Meine beste Freundin sitzt in dem großen grünen Ohrensessel am Fenster und schaut in den Garten – mein Lieblingsplatz zum Lesen.

„Zum Teufel, du siehst aus wie das blühende Leben! Wie schaffst du das nach so einer Nacht?"

Lana grinst mich an, ihre braunen Augen funkeln amüsiert. Die kinnlangen, blonden Haare sehen aus, als hätte sie sie bereits in Form gebracht. Jede einzelne Strähne schmiegt sich um ihren Kopf und liegt genau dort, wo sie hingehört.

So kann sie doch nicht aufgestanden sein oder etwa doch?

„Du siehst auf jeden Fall nicht aus, als hättest du gut geschlafen."

Mit zusammengekniffenen Augen mustere ich sie und versuche, mich im Bett aufzurichten.

„Ja, vielen Dank auch für die Blumen. Ernsthaft, wie spät ist es eigentlich? Und warum habe ich keine Kaffeemaschine auf meinem Nachttisch? Das wäre doch mal ein netter Vorsatz für das neue Jahr."

Wegen meiner Kopfschmerzen lasse ich mich wieder ins Kopfkissen sinken und lege mir den Arm über die Augen.

Sie lacht und antwortet: „Die Idee ist grandios, sollten wir uns merken. Es ist kurz vor 12."

Lana und ich, das war Freundschaft auf den ersten Blick, nachdem wir uns am ersten Tag unserer Ausbildung zur Erzieherin kennengelernt haben.

Mir ist ihre freche Frisur bereits vor der Tür aufgefallen. Ich musste sie einfach ansprechen, als ich bemerkte, dass auf dem Platz neben ihr niemand saß.

Nachdem sie sich bei mir für das Kompliment für ihre tollen Haare bedankt hatte, haute sie mir grinsend entgegen, dass sie trotzdem nur auf Männer stehen würde. Wir bekamen uns vor Lachen fast nicht mehr ein, bevor sie sich mir vorstellte.

„Lana Sommer, freut mich."

Mir entgleisten erst jegliche Gesichtszüge. Dann musste ich lachen, woraufhin sie sich nur verwirrt umsah.

Da ich nicht sprechen konnte, zeigte ich auf eines der Hefte in meiner Tasche.

Sie las meinen Namen und fing ebenfalls an zu kichern.

Seitdem sind wir ein Herz und eine Seele und wohnen sogar zusammen in einem Haus – *Nele Winter* und *Lana Sommer*.

Ich meine, wenn **wir** nicht zusammen gehören, wer dann?

Als meine Eltern bei einem tragischen Autounfall starben, war ich erst 13.

Es war der schlimmste Tag meines Lebens, verlor ich doch mit einem Moment sämtliche Bezugspersonen.

Nicht nur Mama und Papa waren nicht mehr da, sondern auch alle meine Schulfreunde, denn der Umzug zu Oma Grete blieb nicht aus. Leider wohnte sie zu weit von meinem Elternhaus weg, was einen Schulwechsel unausweichlich machte.

An einem sommerlich warmen Tag hatte es kurz vor der großen Pause an der Tür meiner Klasse geklopft.

Es war Oma, die dort stand. Fast hätte ich sie nicht wiedererkannt, denn sie wirkte überhaupt nicht so wie meine sonst so fröhliche Großmutter.

Ihre Augen waren rot und aufgequollen. Ihre Arme hingen kraftlos an ihrem Körper hinunter und ihre Haare waren nicht so akkurat zum Dutt gelegt, wie ich es von ihr gewohnt war.

Mein Herz setzte einen Schlag aus und ich wusste, es muss etwas Schlimmes passiert sein.

Die Lehrerin sprach kurz mit ihr, drehte sich dann zu mir um, in ihrem Blick nichts anderes als Mitleid. Sie kam auf mich zu und half mir, meine Schulsachen zu packen und Oma nach draußen zu begleiten.

Dort setzten wir uns auf die Bank vor meinen Lieblingsbaum im Schulhof.

Sie legte ihre weichen, warmen Hände auf meine und sah mir mit traurigem Blick in die Augen. Sie atmete tief durch und sagte mir, dass ich jetzt ganz stark und tapfer sein muss – nur so lange, bis ihre Worte zu mir durchgerungen wären, damit ich verstehe, was passiert sei. Dann erklärte sie mit ruhigen, festen Worten, dass meine Eltern einen Unfall hatten, den sie nicht überlebt haben.

Wir saßen sehr lange dort auf der Bank und weinten zusammen. Denn nicht nur ich verlor an diesem Tag meine Eltern, auch sie trauerte um ihre Tochter und ihren geliebten Schwiegersohn.

Ich zog nur wenige Tage später zu Oma Grete, die mich ab da liebevoll umsorgte.

Sie gab mir sowohl Halt als auch den Freiraum, den ich brauchte und stärkte mich in allen Lebenslagen.

Als sie vor ein paar Jahren starb, vererbte sie mir das alte Bauernhaus, in dem schon meine Mama aufgewachsen war.

Ich liebe es. Im Sommer kamen meine Mutter und ich oft hierher, um mit Oma Erdbeeren aus dem Garten zu ernten. Mama musste jedes Mal lachen, wenn sie mich sah, denn abends war mein T-Shirt voller Flecken vom vielen Naschen. Geschimpft hat sie nie, denn sie war selbst eine Naschkatze. Erdbeeren direkt aus dem Beet essen, was gibt es Besseres?

Die Tage und Wochen nach Omas Tod waren furchtbar. Ich musste funktionieren, um alles zu erledigen, brach danach zusammen. Lana war ständig an meiner Seite. Sie hat mit mir getrauert, mich getröstet und aufgefangen.

Nach einigen Wochen mit vielen Tränen und negativen Gedanken musste ich eine Entscheidung treffen. Weiter Trübsal blasen oder das Schicksal annehmen und das Beste daraus machen. Ich beschloss, mein Erbe als Chance zu sehen und die Erinnerungen zu bewahren.

„Erinnerst du dich an den Moment, als ich dir von meinen Plänen zum Hausumbau erzählt habe?"

Lanas Blick wird weich. Sie sieht aus dem Fenster und lehnt sich im Sessel zurück. Ein Lächeln umspielt ihre Lippen, so als würde ein Film mit Bildern von früher vor ihren Augen ablaufen.

„Wie könnte ich das jemals vergessen? Oma Grete wäre so stolz auf dich. Wobei ich im ersten Moment gedachte habe, dass diese Idee, das Haus komplett umzubauen, ein viel zu großer Schritt in der Trauerphase wäre."

„Ja, ich verstehe, was du meinst, aber es war genau richtig so. Der Umbau hat mir geholfen, Oma gehen zu lassen und ihr trotzdem nahe zu sein. Ich könnte dieses Haus niemals verkaufen. Mit dir hier und in dieser besonderen WG zu leben, ist einfach zu schön."

Lana kommt zu mir ans Bett und umarmt mich stürmisch.

„Ich gehe zuerst duschen. Ich könnte uns danach Kaffee und Katerfrühstück machen. Hast du Lust darauf?"

„Das fragst du noch? Ich freue mich, bis gleich".

Als ich die Entscheidung zum Umbau traf, hatte ich total ausgefallene Wünsche. Ich wollte mit Lana zusammenwohnen, aber trotzdem meine eigenen vier Wände haben. Gemeinschaftsräume, die wir zusammen nutzen können, und private Zimmer wie in einem normalen Haus.

Denn, obwohl wir derzeit beide keine Beziehung haben, sind wir jung. Später möchte ich auf jeden Fall eine eigene Familie, aber dennoch weiter in einer Art Wohngemeinschaft leben, was schon immer mein Wunsch war.

Mit zwei Familien muss es also einen Kompromiss geben, damit jeder seinen Rückzugsort hat.

Außerdem sollte es im Notfall möglich sein, die beiden Hausseiten einzeln zu nutzen, ohne dass sie als Wohngemeinschaft gelten.

Deshalb ist das Haus so aufgebaut, dass ich links wohne, Lana rechts. Jede Seite hat ihren eigenen Eingang.

In der Mitte befindet sich das Herzstück des Hauses: die offene Wohnküche mit Esstisch, die von beiden Seiten aus zugänglich ist.

Beide Seiten haben sowohl von der gemeinsamen Küche als auch von den einzelnen Schlafzimmern aus Zugang zur Terrasse, von der aus ein paar Stufen hinunter in den riesigen Garten führen.

Oma Grete hat ihn geliebt. Unzählige Rosenbüsche und Sträucher erwachen dort jedes Jahr aufs Neue und blühen in allen Farben des Regenbogens. Rosen waren ihre Leidenschaft.

Stundenlang konnte Oma über sie erzählen. Die größte Freude hat man ihr daher auch mit einer neuen Rosenpflanze gemacht.

Sie wusste immer genau, wo sie eingepflanzt war und wer sie ihr geschenkt hat.

Mir ist klar, dass dieses unkonventionelle Wohnkonzept nicht jedem zusagt. Deshalb kann die Wohnküche jederzeit in zwei Räume aufgeteilt werden, damit jede Familie ihren eigenen Bereich zum Kochen hätte.

Und wer weiß, womöglich ist es genau das, was wir später brauchen, denn nicht umsonst sagt man, dass es ein Dorf braucht, um ein Kind zu erziehen.

Ich sehe es jeden Tag bei uns im Kindergarten. Kinder wollen lernen, entdecken, Neues erleben und erforschen.

In meiner Vorstellung hüpfen unsere Kinder im Sommer zusammen durch den Rasensprenger. Unsere Ehemänner grillen, während Lana und ich auf der großen Terrasse gemütlich ein Glas Wein schlürfen.

Im Winter rollen sie dann riesige Schneekugeln bis zum Gartenschuppen, um dort einen Schneemann zu bauen.

Und wenn alle eisig kalt und nass sind, werden wir es uns in der riesigen Wohnküche gemütlich machen, Kekse essen und heißen Kakao trinken, bis alle müde in ihre Betten fallen.

Bis dahin vergeht sicherlich noch einige Zeit, weshalb wir unser Wohnkonzept derzeit perfekt finden.

Nele

Das warme Wasser prasselt aus dem Duschkopf an mir hinunter und entspannt meinen müden Körper.

Obwohl wir gestern viel Spaß hatten und ein wenig übertrieben haben, steht das in keinem Verhältnis zu den Kopfschmerzen. Aber Silvester feiert man nur einmal im Jahr, weshalb ich sie in Kauf nehme. Trotzdem fühle ich mich wie 80 statt 27.

Ich bin es nicht gewohnt, in so einer Umgebung zu feiern, oder, um ehrlich zu sein, überhaupt feiern zu gehen.

Wenn ich die Wahl zwischen einer Party oder einem gemütlichen Treffen mit Freunden in unserer Wohnküche habe, werde ich immer mein Zuhause bevorzugen.

Spieleabende mit Essen und einem Glas Wein sind keine Seltenheit bei uns.

Ich sehe mir auch gerne schnulzige Liebesfilme im Kino an, nach denen ich mit tränenüberströmtem Gesicht wieder nach Hause gehe.

In letzter Zeit versuche ich, wieder mehr zu lesen. Bisher hat es nicht so geklappt, wie ich mir das wünsche, aber wenn ich erst mal anfange mit lesen, kann ich schlecht wieder aufhören.

Ab und zu darf es gerne ein Krimi sein, aber hauptsächlich sind es Liebesromane, die es mir angetan haben. Vor allem die Geschichten, die auch mal außerhalb der Norm herausstechen. Wenn die Figuren eben nicht perfekt sind oder beim Aufstehen bereits aussehen wie aus dem Ei gepellt. Denn sind wir mal ehrlich: Es gibt weitaus mehr Menschen, die nicht aussehen wie Models in den Zeitschriften nach einer Photoshop-Behandlung. Ich kann mich mit solchen Figuren nämlich absolut nicht identifizieren, denn vom Aussehen her würden mich die meisten Menschen vermutlich als mollig bezeichnen.

Meine Hüften sind breit, mein Bauch weich und rundlich und meine Brüste sind auch nicht unbedingt klein. Ich nenne mich kurvig und mag mich so.

Warum sollte ich Zeit damit verschwenden, mir Gedanken um meine Figur zu machen, anstatt mich so zu nehmen, wie ich bin? Diese Einstellung habe ich Oma zu verdanken, denn sie hätte niemals zugelassen, dass ich an mir selbst zweifle.

Es ist okay, wenn jemand mich nicht hübsch findet oder nicht mag.

Ich mag auch nicht jeden. So ist das eben im Leben.

Aber zurück zu gestern … Wir waren in dieser riesigen Halle, bei **der** „Silvesterfete" schlechthin. Zumindest wurde sie als solche angepriesen.

Ich muss zugeben, dass mir die Deko äußerst gut gefiel. Überall hingen Luftschlangen und -ballons in den Farben Gold, Silber und Schwarz. Discokugeln, die sich in glitzerndem Schein drehten, hingen von der Decke und gaben dem Raum das absolute Discofeeling. Es war laut und stickig, was meine Kopfschmerzen erklären würde.

Während das Wasser an mir hinunterprasselt, erinnere ich mich an den Moment, als ich **ihn** wiedersah. Sofort prickelt es in meinem Bauch. Die Schmetterlinge flattern umher, als wären sie nie weg gewesen. Er sieht gut aus. Das tat er immer. Aber ihn nach all den Jahren wiederzusehen, so ganz ohne Vorwarnung, war unglaublich.

„Holst du uns noch was zu trinken?", fragt Lana, während sie wie eine Verrückte um mich herumhüpft und -tanzt.

„Ja, sicher, ich geh vorher noch für kleine Mädchen und bring uns was mit. Prosecco?", kichere ich und sehe, dass sie mit ihrem Daumen nach oben zeigt.

Die Damentoiletten befinden sich gegenüber der Bar auf der anderen Seite der Halle, weshalb ich mir erstmal einen Weg durch die Menge erkämpfen muss. Mir ist ein wenig mulmig zumute.

Es sind unfassbar viele Menschen hier, was ich überhaupt nicht mag und auch nicht erwartet hätte. Na gut, vielleicht habe ich auch keinen Vergleichswert mehr, denn diese Party hier ist seit langem die erste, auf die ich mich verirre.

Kurz bevor ich es aus der Menschentraube schaffe, spüre ich einen Blick auf mir.

Meine Schritte werden langsamer und ich drehe mich zur Seite.

Wie angewurzelt bleibe ich stehen, blicke in seine stechend blauen Augen. Lächelnd streicht er sich seine Haare aus der Stirn, während ich meinen Blick nicht von seinen vollen, geschwungenen Lippen abwenden kann.

Ich versuche, das blubbernde Gefühl in meinem Bauch zu ignorieren. Der Dreitagebart um sein markantes Kinn ist neu. Zumindest für mich. Er macht ihn erwachsener und noch attraktiver, als er ohnehin schon ist.

Keine Ahnung, wie lange wir so dastehen, aber es fühlt sich an wie eine Ewigkeit. Unmengen an Fragen entstehen in meinem Kopf.

Wie lange ist es her, seit wir uns das letzte Mal gesehen haben? Warum haben wir uns aus den Augen verloren? Wieso ist er hier? Wo war er die letzten Jahre und weshalb denke ich darüber nach, während ich ihn anstarre, anstatt etwas zu sagen?

Ich zwinge mich, meinen Blick abzuwenden, um etwas klarer denken zu können.

Langsam kommt Bewegung in mich. Ich gehe einen Schritt auf ihn zu.

Auch er scheint aus seiner Starre zu erwachen und kommt mir entgegen.

„Nele ... hey!"

„Leo ...", flüstere ich.

Leo umarmt mich vorsichtig und hält mich einen Augenblick länger fest. Bevor er seine Arme zögerlich von mir löst, atmet er tief durch und tritt einen Schritt zurück.

Während er mich ansieht, legt er seine linke Hand an seinen Nacken und reibt sich ein paar Mal drüber.

Sein Blick wandert zwischen meinen Augen hin und her, bevor er ihn senkt. Er atmet tief durch, strafft die Schultern und sieht mich wieder an.

„Wow, ich ... wie ... wie geht es dir?"

Seine Augen wandern über mein Gesicht, als suche er dort nach irgendetwas, bevor er fortfährt.

„Ich weiß nicht, was ich sagen soll. Ich bin ehrlich gesagt gerade ... puh ... Es ist so lange her ... Wir haben uns ewig nicht gesehen. Ich ..."

Bevor ich weiß, wie mir geschieht, zieht Leo mich ein weiteres Mal an sich. Ich erwache langsam aus meiner Trance und umarme ihn ebenfalls.

Er ist nur ein Stückchen größer, so dass ich mich bequem an seine Brust schmiegen und er sein Kinn auf meinem Kopf ablegen kann.

Meine Kopfhaut kribbelt, ich spüre, wie seine Bartstoppeln leicht darüberkratzen. Wie es sich wohl anfühlt, ihn zu küssen?

Ich atme tief ein und inhaliere seinen mir immer noch so vertrauten Geruch.

Wie früher hat er nur einen Hauch von herbem Männerduft an sich. Gepaart mit seinem eigenen

Geruch versetzt er mich schlagartig in einen Zustand, den ich lange nicht mehr gespürt habe.

So viele Erinnerungen purzeln auf mich ein, ich fühle mich in seinen Armen so geborgen wie schon lange nicht mehr. Es fühlt sich an wie geballte Vorweihnachtszeit.

Kennt ihr das? Diese Zeit, in der so viel Wärme, Kaminfeuer, Kerzen, Keksduft, Vorfreude und Gemütlichkeit eine Rolle spielen? So fühlt sich Leo an. Kein Wunder, dass ich mich gar nicht von ihm lösen möchte.

Ich spüre, wie Leo mir einen Kuss auf den Scheitel drückt und sich dann langsam aus unserer Umarmung löst.

Dabei unterbricht er den Kontakt zu mir nicht. Seine Hände streichen sanft meinen Rücken entlang und langsam an der Rückseite meiner Arme wieder nach unten.

Er hält mich an den Ellenbogen fest und sieht mich an. Bisher habe ich bis auf seinen Namen kein Wort gesprochen. Ich räuspere mich und schaue zu ihm auf.

„Es ist schön, dich wiederzusehen, Leo. Was machst du hier?"

Super, Nele, was für eine bescheuerte Frage. Was macht er an Silvester wohl auf einer Party?

„Entschuldige. Eigentlich ist klar, was du hier machst. Schließlich sind wir auf einer Feier", stammle ich.

„Ich meine, du warst doch im Ausland oder nicht? Zumindest habe ich das irgendwann mal aufgeschnappt", versuche ich, meine peinliche Frage zu überspielen.

O Mann, diese Augen, wie soll ich mich da auch nur ansatzweise konzentrieren?

Es fiel mir immer schon schwer, aber das ist doch so lange her. Warum ist das immer noch so?

„Ja, ich war drei Jahre in Schweden. Vor ein paar Wochen habe ich das Projekt beendet und bin zurückgekommen. Ich habe bereits Weihnachten wieder zuhause verbracht. Und jetzt bin ich hier auf dieser Party.

Offensichtlich war das eine gute Entscheidung", antwortet Leo und schaut mich dabei so intensiv an, dass meine Wangen sofort Feuer fangen.

„Ähm, ja, also … das ist schön. Ich war gerade auf dem Weg zur Toilette und muss dann wieder zurück", gebe ich wenig geistreich von mir, bevor ich mich abrupt umdrehe und Richtung Toiletten renne.

Was war das? Ich blicke in den Spiegel und sehe, dass meine Wangen immer noch gerötet sind und mein Puls rast, als wäre ich um mein Leben gerannt.

Da ich kein wasserfestes Make-up trage, kann ich mir nicht einfach Wasser ins Gesicht spritzen, ohne danach auszusehen wie ein Pandabär auf Droge.

Ich halte die Handgelenke unter eiskaltes Wasser und hoffe, meinen Puls etwas zu beruhigen.

Plötzlich wird die Tür aufgerissen und Lana stürmt suchend herein. Sie sieht hektisch in alle Richtungen, bis sie mich entdeckt.

„Da bist du ja!", kommt sie mit besorgtem Blick auf mich zu.

„Ich habe mir Sorgen gemacht. Du bist vor einer Ewigkeit los, um uns was zu trinken zu besorgen, aber nicht wiedergekommen. Was ist los? Du wirkst komplett durch den Wind!"

Lana lässt ihren Blick über mich schweifen, um zu überprüfen, ob mit mir alles in Ordnung ist.

„Ja, ja, alles gut oder sagen wir, mir ist nichts passiert. Lass uns einen letzten Prosecco trinken und dann nehmen wir uns ein Taxi nach Hause. Oder möchtest du noch bleiben?"

„Nein, alles gut, das wäre eh auch mein Vorschlag gewesen. Aber du erzählst mir, warum du so durch den Wind bist, okay? Ich seh doch, dass irgendetwas passiert sein muss."

Ich erwache aus meiner Erinnerung und steige aus der Dusche. Kopfschüttelnd greife ich nach meinem Handtuch. Nachdem ich mich abgetrocknet habe, gehe ich zu Lana in unsere Küche.

„Hier, dein Kaffee. Setz dich, die Schonfrist ist um! Was ist gestern los gewesen? Du warst nicht du, als ich dich auf der Toilette eingesammelt habe. Mir ist klar, dass dir nichts Schlimmes passiert sein kann, aber du sahst aus, als hättest du einen Geist gesehen."

„Wollen wir uns aufs Sofa setzen? Dann erzähle ich dir alles. Obwohl, so viel gibt es gar nicht zu sagen. Oder vielleicht doch? Na ja, ich hoffe, dass ich danach klarer denken kann."

Wir schlendern zum Sofa und setzen uns.

Lana reicht mir die Wolldecke und ich bin froh, mich einwickeln zu können.

Mit meiner besten Freundin kann ich über alles sprechen, das ist mir bewusst. Ich weiß bloß nicht, wie ich meine verwirrten Gefühle und Gedanken sortieren soll.

Ich schätze, ich muss etwas ausholen, um es erklären zu können.

„Erinnerst du dich an die Geschichten, die ich dir von meiner Clique von früher erzählt habe?"

Lana nickt.

„So viele Jahre, die wir immer gemeinsam verbracht haben.

Bis irgendwann jeder seiner Wege ging. Die einen haben eine Ausbildung gemacht, andere haben ein Studium begonnen und sind deshalb weggezogen. Es war ein schleichender Prozess, es fiel im Alltag nicht auf. Oder es gab Wichtigeres, je nachdem, wie man es betrachtet."

Lana unterbricht mich nicht, sie hört aufmerksam zu und schlürft zwischendurch ihren Kaffee. Das ist es, was ich an ihr so unglaublich schätze. Sie ist einfach da, wertet nicht und hört zu, wenn ich sie brauche. Jeder sollte eine Lana zur Freundin haben.

„Na ja, und zu dieser Clique gehörte auch Leo. Er war mein bester Freund. Nach dem Tod meiner Eltern bin ich hier hergezogen.

Gleich am ersten Tag an der neuen Schule wurde mir der Platz neben Leo angeboten.

Ab dem Tag waren wir unzertrennlich. Er half mir, mich zurechtzufinden, und blieb stets an meiner Seite.

Seine in sich ruhende Art half mir durch die Trauer. Mein Vertrauen in ihn war grenzenlos.

Wir verstanden uns ohne viele Worte. Ich fühlte mich in seiner Gegenwart immer sicher und gut.

Es gab uns nur im Doppelpack, mit seinem Bruder oder in der Clique.

Wir haben unsere gesamte Freizeit miteinander verbracht.

Wir gingen ins Kino, haben Musik gehört oder einfach nur zusammengesessen und gelernt.

Leo war zurückhaltend. So wie ich. Er stand nie im Mittelpunkt. Er hat sich eher im Hintergrund aufgehalten.

Das war mir recht.

Schon damals ging ich lieber ins Kino als auf die Tanzfläche.

Ich mochte ihn sehr. Mehr als das.

Das habe ich ihm nie gesagt. Dafür war ich viel zu schüchtern und hatte Angst, meinen besten Freund zu verlieren."

Lanas Augen weiten sich.

„Du hast es ihm nie gesagt?"

„Nein", erwidere ich.

„Verstehe, und wie lange ging das so?"

Ich zucke mit den Schultern.

„Das kann ich gar nicht genau sagen. Ich meine, ich weiß nicht, wann es anfing und wann es aufhörte. Irgendwie war das immer so. Es gehörte dazu. Ich fühlte mich ja nicht schlecht. Es war schön. Schließlich war er immer da. Wozu hätte ich ihm sagen sollen, was ich fühle?"

„Na ja, ich schätze mal, ihr habt also auch nie geknutscht oder so?", grinsend sitzt Lana in ihrer Sofaecke und sieht in meine Richtung.

„Nein. Natürlich stellte ich mir das immer mal wieder vor. Ich meine, ich hätte es mir gewünscht. Aber wie gesagt, da ich zu schüchtern war, wagte ich niemals mehr. Aber es war okay damals. Irgendwann hat sich die Clique mehr oder weniger aufgelöst. Durch das Studium waren Leo und Josh, sein jüngerer Bruder, weg und kamen eher selten her."

Kurz muss ich innehalten und versuche, mich genauer an damals zu erinnern.

„Am Anfang haben wir uns noch ab und zu geschrieben, aber mir ging es damit nicht gut. Es war zu schmerzhaft. Es war einfacher, den Kontakt irgendwann auslaufen zu lassen. Und als wir beide uns kennengelernt haben, war das für mich sehr heilsam. Vor allem, als Oma starb, hatte ich ja auch genug zu tun.

Wir beide haben uns von Anfang an so gut verstanden, irgendwie ist Leo immer mehr in den Hintergrund gerückt. Ich hoffe, du hattest nie das Gefühl, irgendwen ersetzen zu müssen, denn so war das nie!"

Lana springt auf und drückt sich an mich.

„Ach Nele, keine Sorge. So habe ich das nie empfunden, ich hab dich so lieb."

Ich lächle sie an, beruhigt, dass sie meine Erklärungen nicht in den falschen Hals bekommen hat.

„Na, jedenfalls, gestern … also … Na ja, da stand er auf einmal. Mitten im Gedränge. Ich weiß nicht wieso, aber ich habe gespürt, dass mich jemand ansieht, und dann war er da. Einfach so."

Ich blicke ins Leere und sehe seine blauen Augen vor mir.

Die kleine Narbe über seiner rechten Augenbraue ist immer noch da. Obwohl seine Haare mittlerweile ein wenig drüberhängen, sieht man sie, wenn er sie zurückstreicht.

Wie er dort stand. Himmel! Die Hände in seiner dunklen Hose, das hellblaue Hemd mit den oberen zwei Knöpfen offen, die Ärmel lässig hochgekrempelt. Er sah verdammt gut aus.

Alleine bei diesen Gedanken an ihn wird mir warm und die Schmetterlinge wirbeln umher.

Lanas Lachen reißt mich aus meinen Gedanken.

„Erde an Nele! Wow, das ist fast wie in einem Kitschroman. Du hast Herzchen in den Augen".

„Ich weiß, es hört sich komisch an. Aber es war einfach zu viel, was auf mich einprasselte. Er hat mich umarmt und es fühlte sich einfach zu gut an. Das ist doch kompletter Irrsinn. Wie viele Jahre ist es her? Keine Ahnung, mindestens sieben, wenn nicht sogar acht!" Erschrocken über die Erkenntnis verschütte ich fast meinen Kaffee, als ich die Tasse auf dem Tisch abstelle.

„Du hast bisher nie von ihm gesprochen. Zumindest nicht im Speziellen. Warum?", fragt sie nach einiger Zeit.

„Ich weiß es nicht. Vielleicht habe ich das unbewusst getan. Um keine schlafenden Hunde zu wecken. Ich meine, nachdem alle ihren Weg gegangen sind und Leo nicht mehr so präsent war, waren auch meine Gefühle irgendwann weg. Oder im Winterschlaf. Vielleicht wollte und sollte ich es dabei belassen?"

Ich zucke mit den Schultern und trinke den Rest meines Kaffees, der selbstverständlich jetzt kalt und somit ungenießbar ist.

Leo

Beim Aufwachen spüre ich, dass ich nicht in meinem Bett liege, denn der Untergrund ist viel weicher als bei mir.

„Wo zum Teufel ...?", ich krame in meiner Erinnerung, bevor es mir wieder einfällt.

Ich liege auf dem Schlafsofa bei Josh. Endlich wieder mit meinem kleinen Bruder zusammen. Wir waren viel zu lange räumlich getrennt. Nicht, dass ich diese Zeit bereuen würde, nein, sie war toll. Ich habe eine Zeit lang in Schweden an einem großen Projekt mitgearbeitet. Das war meine Chance, als Architekt an etwas Besonderem mitzuwirken. Nicht jeder bekommt so eine Gelegenheit.

Vor allem, da ich mich meistens im Hintergrund aufhielt und nie versucht habe, andere mit allen Mitteln von mir zu überzeugen.

Ich mochte es noch nie, im Mittelpunkt zu stehen. Aber dort wurden meine Arbeit und ich gesehen. Alleine deshalb musste ich sie wahrnehmen.

Selbst wenn es bedeutete, meine Freunde und Familie erst einmal zurückzulassen.

Drei Jahre sind eine lange Zeit, wenn man einen kleinen Bruder hat, mit dem man die ersten 26 Jahre seines Lebens zusammen erlebt hat. Ich habe ihn vermisst. Er ist nur 11 Monate jünger als ich. Das schweißt zusammen.

Es muss so unfassbar hart gewesen sein für meine Eltern, so kurz hintereinander einen Bruder für mich zu bekommen. Aber sie haben es nie in Frage gestellt und so sind Josh und ich wie Zwillinge aufgewachsen. Zumindest fühlt es sich für uns so an. Für unsere Freunde waren wir später auch immer die „Sonntag-Zwillinge".

Nicht, dass ich tatsächlich wüsste, wie man sich als Zwillingsbruder fühlt. Aber ohne ihn fühle ich mich nicht vollständig. Ich kann mich gar nicht erinnern, jemals ohne ihn gewesen zu sein.

Als er geboren wurde, konnte ich noch nicht einmal richtig laufen. Zumindest ist es das, was unsere Mutter uns erzählt.

Sie erzählt uns gerne und viel aus unserer Babyzeit. Sie hat sich Josh um den Bauch gebunden, damit ich meine ersten Schritte mit ihr üben konnte. Es war ziemlich anstrengend, einen Neugeborenen und ein weiteres Baby zu begleiten.

Schließlich haben sie komplett unterschiedliche und teilweise genau dieselben Bedürfnisse.

Ich glaube, das ist auch einer der Gründe, warum sie uns so gerne davon berichtet. Vielleicht ist es ihre Art, diese intensive Zeit zu verarbeiten und gleichzeitig nicht zu vergessen, denn sie lächelt jedes Mal dabei.

Bevor ich mich in meinen Gedanken verliere, schwinge ich die Beine aus dem Bett und mache mich auf die Suche nach Josh.

Nach einem kurzen Abstecher ins Bad, in dem ich mir ein T-Shirt überziehe, laufe ich in die Küche.

„Hey, da bist du ja. Na, fit?"

Vergnügt sieht Josh mich mit seinen blauen, funkelnden Augen an.

„Du scheinst zumindest fröhlich zu sein, kleiner Bruder", erwidere ich lachend.

„O ja, ich bin zwar müde, aber ich bin echt froh, dass du hier bist."

Er läuft an mir vorbei, klopft mir zweimal auf die Schulter und hält eine Tasse hoch.

„Auch Kaffee?", fragt er mich.

„Du kannst Gedanken lesen, Mann. Bitte intravenös, wenn's geht", gebe ich grinsend zurück.

Als ich damals nach Schweden ging, ist Josh kurz danach in diese Wohnung in unserer alten Heimat gezogen. Er verschränkt seine Hände im Nacken und lässt den Kopf nach hinten fallen:

„Wir sollten uns die nächsten Wochen mal auf Wohnungssuche begeben, ich brauche mein Arbeitszimmer."

Seine Stimme hört sich etwas zerknirscht an.

„Ich hab ein schlechtes Gewissen, dir das so direkt auf die Nase zu binden. Ich möchte mit Sicherheit nicht, dass du denkst, du würdest mir zur Last fallen." Er spricht nur aus, was auch mir durch den Kopf geht.

Das war schon immer so. Es zeigt einmal mehr, wie nah wir uns sind. Es ist schön zu wissen, dass es immer noch so ist – selbst nach dieser längeren Phase, in der wir getrennt waren. Ich schüttele grinsend den Kopf.

„Alles gut. Dein Sofa ist eh nicht so optimal für meinen Rücken. Ich bin schließlich keine 20 mehr."

Josh sieht mich geschockt an, bevor wir beide lauthals lachen müssen.

Im Gegensatz zu mir ist Josh deutlich sportlicher. Selbst in Klamotten sieht man, dass er viel mehr Muskelmasse hat als ich.

Seine Schultern sind breiter und die Muskeln zeichnen sich unter seinen Shirts ab.

Größentechnisch sind wir gleich, haben beide blaue Augen, die sich kaum in Farbe oder Form unterscheiden. Seine Nase ist ein bisschen breiter als meine, mein Kinn dafür ein klein wenig markanter.

Unsere Frisuren sind ganz verschieden. Meine Haare sind dunkler und viel kürzer. Obwohl ich sie mir regelmäßig aus der Stirn streichen muss, sind Joshs Haare sehr viel länger. Er trägt sie locker als Man Bun über einem Undercut und sieht dabei unverschämt gut aus. Sowas kann man als Bruder ruhig auch zugeben.

Mit dem Rasieren tun wir uns beide scheinbar immer noch schwer und tragen meist einen Drei- bis Fünftagebart.

Charakterlich unterscheiden wir uns noch deutlicher.

Josh war immer schon offener, lauter und draufgängerischer als ich.

Wenn er über die Stränge geschlagen hat, stand ich daneben und habe ihn rechtzeitig gebremst oder wieder vom Ross heruntergeholt.

Nach dem Frühstück beschließe ich, eine Runde zu joggen. Josh legt sich nochmal hin. Das passt mir gut. Ich möchte jetzt lieber alleine sein.

In meinem Kopf muss einiges sortiert werden. Dieses Zusammentreffen mit Nele gestern hat mich völlig aus der Bahn geworfen. Ich habe nicht damit gerechnet, gerade sie nach all der Zeit dort wiederzusehen. Ich stöpsle mir meine Kopfhörer ins Ohr, starte meine Playlist und laufe los.

„Ich hole uns noch ein Bier. Oder hast du bereits genug, kleiner Bruder?"

„Eins geht noch. Wir haben schließlich ein bisschen was zu feiern! Ich bin so froh, dass du wieder hier bist", schreit Josh mir über die Musik hinweg zu.

Er hat zwar schon einiges intus, ist aber nicht betrunken.

Auf dem Weg aus der Menschentraube werde ich langsamer. Eine mir sehr bekannte Frau läuft zügig in die entgegengesetzte Richtung. Mein Blick wird wie ein Magnet von ihr angezogen.

Unter Tausenden würde ich sie sofort erkennen. Selbst nach so langer Zeit. Unverkennbar. Ihr Anblick raubt mir den Atem. Sie trägt ein knielanges, dunkelrotes Kleid, das ihre kurvigen Hüften betont. Es ist oben geschlossen, dafür ist der Rücken frei. Ihre langen braunen Haare trägt sie offen über eine Schulter nach vorn. Mittlerweile sind sie ein wenig länger als früher. Seidig glänzend umspielen sie ihre verdeckte Brust. Ich lächle beim Gedanken, dass sie nie mit dem Druck, eine knochige Modelfigur haben zu wollen, mitgegangen ist. Es war nie ein Thema für sie. Sie war einfach nur sie selbst. Wer sie nicht mochte, musste sich nicht mit ihr abgeben. Das war ihr egal. Scheinbar hat sie das genau so beibehalten und das gefällt mir. Sehr sogar.

Sie läuft beinahe an mir vorbei, wird dann aber langsamer und dreht sich in meine Richtung. Ob sie meinen Blick gespürt hat?

Mittlerweile bin ich stehen geblieben. Sie hat mich erkannt. Ich lächle und streiche mir die Haare aus meiner Stirn.

Vielleicht sollte ich mal wieder zum Frisör?

Während ich so darüber nachdenke und sie immer noch anschaue, kommt sie langsam auf mich zu.

„Nele … hey!"

Ja, Leo, die perfekte Begrüßung nach so vielen Jahren. Ich schlage mir gedanklich vor die Stirn.

Ich kann sie nicht hören, aber ihre Lippen haben eindeutig meinen Namen geformt.

„Leo …"

Ihr Anblick weckt so viele Erinnerungen und Gefühle innerhalb von ein paar Sekunden in mir, dass ich gar nicht hinterherkomme. Wie ein Flashback prasseln die Emotionen vergangener Zeiten auf mich ein. Die Gänsehaut auf den Armen ist nicht zu übersehen und mein aufgeregtes Herz springt mir fast aus der Brust.

Bevor ich darüber nachdenken kann, ziehe ich Nele in eine Umarmung und möchte sie nicht wieder loslassen. Aber der Moment war schon länger als üblich, weshalb ich einen Schritt zurücktrete und mir peinlich berührt in den Nacken greife.

„Wow, ich ... wie ... wie geht es dir?"

Es ist zu dunkel, um es zu sehen, aber ich erinnere mich sehr genau an ihre grünen Augen. Die kleinen helleren Sprenkel, die sich darin verirrten. So oft habe ich mich darin verloren. Ich suche nach Worten, finde sie aber nicht.

„Ich weiß nicht, was ich sagen soll. Ich bin ehrlich gesagt gerade ... puh ... Es ist so lange her ... Wir haben uns ewig nicht gesehen. Ich ..."

Scheiß drauf. Ich muss sie einfach noch mal umarmen. Es geht einfach nicht anders. Ich bin so überwältigt von diesem Wiedersehen. Schnell ziehe ich sie wieder an mich.

Sie zögert nur kurz und umarmt mich dann ebenfalls. Sie schmiegt sich in meine Arme und legt den Kopf an meiner Brust ab. Diese Berührung führt zu einer Explosion an Gefühlen in mir. Ich fühle mich wie mitten in einem Feuerwerk und gleichzeitig unter Wasser. Warmes Wasser, das mich umgibt und aus dem ich nie wieder auftauchen möchte. Mein Herz klopft so unfassbar schnell, als würde es das Feuerwerk höchstpersönlich entzünden wollen. Sie fühlt sich so perfekt an an meiner Brust. So, als müsste sie genau dort sein. Wie lange stehen wir schon so da? Zwei Minuten oder eine Ewigkeit? Nicht lange genug. Definitiv nicht, aber vielleicht ist hier der falsche Ort dafür. Wie von selbst berühren meine Lippen ihren Scheitel und drücken einen kleinen Kuss darauf. Es fühlt sich falsch an, sie loszulassen. Sanft streiche ich mit meiner Hand über ihren Rücken und an ihren Armen entlang, halte sie an den Ellenbogen fest und schaue sie an.

„Es ist schön, dich wiederzusehen, Leo. Was machst du hier?"

Nele runzelt die Stirn, bevor sie fortfährt:

„Entschuldige, eigentlich ist klar, was du hier machst. Ich meine, du warst doch im Ausland oder nicht? Zumindest habe ich das irgendwann mal aufgeschnappt."

Ich kann meinen Blick nicht von ihr nehmen und sehe ihr direkt in die Augen. Die Sprenkel sind noch da.

„Ja, ich war drei Jahre in Schweden. Vor ein paar Wochen habe ich das Projekt beendet und bin zurückgekommen. Ich habe bereits Weihnachten wieder zuhause verbracht. Und jetzt bin ich hier auf dieser Party.

Offensichtlich war das eine gute Entscheidung."

Der letzte Satz ist mir leiser herausgerutscht.

Als Josh mir von dieser Party erzählt hat, musste er sich ordentlich ins Zeug legen, um mich zum Mitkommen *zu überreden. Ich wollte eigentlich gar nicht groß feiern. Die letzten drei Jahre habe ich keine Party mehr besucht und gerade an Silvester damit wieder anzufangen, war mir irgendwie zu gewagt. Aber Josh wäre nicht Josh, wenn er es nicht geschafft hätte, mich zu überzeugen.*

„Ähm, ja, also … das ist schön. Ich war gerade auf dem Weg zur Toilette und muss dann wieder zurück", verkündet Nele mit geröteten Wangen, bevor sie sich umdreht und davonrennt. Völlig perplex stehe ich an Ort und Stelle und sehe sie in der Menschenmenge verschwinden.

Meine Runde führt mich durch den Wald. Es ist dieselbe Strecke, die ich früher oft zusammen mit Nele und Oskar, dem Rauhaardackel ihrer Oma, gegangen bin.

Warum hat sie mich gestern so plötzlich stehen lassen und ist sogar weggerannt?

Nicht gegangen, sondern regelrecht geflüchtet. Es gab doch keinen Grund dazu.

Oder lag dieser vielleicht ganz woanders und war nicht unserer Situation geschuldet?

Mein Kopf explodiert fast. Die rasenden Gedanken inklusive Kater von gestern sind keine gute Kombination, um joggen zu gehen.

Die letzten Meter bis zu Joshs Wohnung lege ich schneller zurück in der Hoffnung, die Gedanken endlich ziehen zu lassen.

Drei Tage später beschließen Josh und ich, uns an einen Tisch zu setzen. Wir brauchen einen Plan, um zu wissen, wie es weitergehen soll. Unsere Vision seit dem Studium war, irgendwann zusammen eine Firma zu gründen. Als absehbar war, dass meine Zeit in Schweden zu Ende gehen würde, hatten mein Bruder und ich beschlossen, danach dieses gemeinsame Zukunftsprojekt anzugehen.

Um schnell Fuß zu fassen und einen guten Start hinzulegen, müssen wir uns räumlich verändern, denn jeder von uns braucht ein Büro, damit wir konzentriert arbeiten können. Und mein Rücken wäre auch sehr dankbar, wenn er statt eines Schlafsofas wieder ein bequemes Bett unter sich spüren würde. Große Wohnung oder ein Haus zum Wohnen und Arbeiten? Oder doch eher ein externes Büro?

Ausgerechnet, als wir anfangen wollen, den Wohnungsmarkt zu durchforsten, klingelt mein Smartphone.

Eine unbekannte Nummer ist erstmal nichts Beunruhigendes. Oft ist es jemand, der auf der Suche nach einem Architekten ist. „Sonntag, hallo?", nehme ich das Gespräch freundlich an und schlendere nach nebenan in die Küche.

„Hey Leo, hier ist Mia. Wir haben uns das ein oder andere Mal bei Klara gesehen … Erinnerst du dich?", höre ich eine verunsicherte, weinerliche Frauenstimme durchs Telefon.

Ich runzele die Stirn und frage mich, warum Mia anruft. Ich habe sie ein paar Mal gesehen, sie ist die beste Freundin von Klara. Einem Mädchen, mit dem ich zwei Wochen zusammen war. Wir haben beide schnell festgestellt, dass wir nicht zueinander passen und es dann genauso schnell wieder beendet. Vermutlich wäre es eh nicht gut gegangen, da mir kurz darauf das Projekt in Schweden angeboten wurde und ich ziemlich plötzlich dorthin gezogen bin.

„Äh … ja, klar erinnere ich mich. Aber woher hast du die Nummer und warum rufst du mich an? Es sind immerhin drei Jahre vergangen …", gebe ich meine Gedanken preis.

„Ich weiß, hör zu, dieses Gespräch fällt mir nicht leicht …", sie schluchzt auf, bevor sie weiterspricht, „… also, ich weiß gar nicht, wie ich das sagen soll, ohne dich komplett zu schockieren."

Ihr Atem geht hörbar schnell und sie schluchzt zwischendurch auf.

„Mia, versuch, dich zu beruhigen und rede mit mir. Scheinbar ist es dir unerlässlich, sonst würdest du mich nicht anrufen, oder?"

„Ja, ja, Leo, es ist wichtig. Allerdings möchte ich das persönlich besprechen. Aber ich weiß nicht, wie ich dich überzeugen kann herzukommen, ohne dir zu sagen, warum. Es gibt keine Möglichkeit für mich, zu dir zu kommen in dieser Situation."

Ich bin komplett irritiert und weiß nicht so recht, was ich sagen oder tun soll. Aber die kurze

Zeit, in der ich mit Klara und ihr zu tun hatte, war eigentlich sehr harmonisch und es gab nie einen Grund, uns gegenseitig zu misstrauen. So aufgelöst sie wirkt, so ernst scheint die Lage zu sein.

„Mia, sag mir, ist etwas mit Klara?", frage ich besorgt. Immerhin haben wir uns gemocht. Kein Grund, in so einer Situation nicht einfühlsam zu sein. Ich bemerke, wie Mia versucht, laut und kontrolliert zu atmen, bevor sie wieder spricht.

„Leo, es ist wirklich wichtig, ich bitte dich inständig darum, so schnell, wie es dir möglich ist, herzukommen. Bitte stell keine weiteren Fragen. Ich schicke dir meine Adresse. Schreib mir, wann du hier sein kannst. Es ist wirklich enorm wichtig."

Die Dringlichkeit in Mias Stimme ist deutlich spürbar. Damit legt sie auf und lässt mich völlig durcheinander zurück.

Ich fahre mir mit beiden Händen übers Gesicht, versuche, die Fassung wiederzuerlangen, und gehe zu meinem Bruder in die Küche.

Als er mich sieht, springt er auf und kommt auf mich zu.

„Was ist passiert, du siehst aus, als hättest du ein Gespenst gesehen."

„So in etwa, ja … Die beste Freundin von Klara, Mia, hat mich gerade angerufen.

Erinnerst du dich an Klara? Wir waren zusammen, kurz bevor ich nach Schweden ging. Irgendetwas muss passiert sein", gebe ich immer noch geschockt von mir und lasse mich auf einen Küchenstuhl fallen.

„Mia hat mich gebeten, so schnell wie möglich hinzufahren. Sie möchte etwas mit mir besprechen. Was genau, hat sie nicht gesagt, aber es schien unglaublich wichtig zu sein."

Josh sieht mich fragend an.

„Du kennst sie kaum und willst ohne weiteres trotzdem hin?"

„Ja, meine Menschenkenntnis hat mich bisher nie im Stich gelassen. Mia klang verzweifelt."

„Alles klar, dann lass uns los. Ich fahre dich hin."

Wir packen beide eine kleine Tasche für zwei bis drei Tage, da ich nicht weiß, wie lange wir weg bleiben.

Nachdem Josh losgefahren ist, gebe ich die Adresse, die Mia mir per Whatsapp geschickt hat, ins Navi ein. Die Ankunftszeit, die mir auf dem Display angezeigt wird, fotografiere ich schnell ab und sende es Mia zu.

Nele

Drei Tage sind seit der Begegnung mit Leo vergangen. Drei Tage, an denen ich ständig an den peinlichen Moment meines Abganges denke und zwei Nächte, in denen ich kaum geschlafen habe, weil ich ihn andauernd vor mir sehe. Wie können ein paar Minuten mein Leben so komplett auf den Kopf stellen? Wir haben uns doch seit Jahren nicht gesehen. Ich habe ewig nicht mehr so intensiv an ihn gedacht und vor allem hatten wir so gut wie keinen Kontakt. Außer zu unseren Geburtstagen eine Nachricht oder vielleicht auch mal eine Karte zu Weihnachten. Morgen muss ich wieder arbeiten. Da kann ich nicht völlig kopflos herumstehen, sondern muss für 15 Kleinkinder konzentriert bei der Sache sein.

„Reiß dich zusammen, Nele", sage ich laut zu mir, „du, bist doch keine 16 mehr. Selbst da hast du dich nicht so aufgeführt wie jetzt."

Ich schnappe mir ein Buch und setze mich in meinen Lieblingssessel am Fenster. Vielleicht hilft es ja, wenn ich eine Weile in eine andere

Welt eintauche. Es dauert nicht lange und mein Handy macht „pling".

Hallo Nele! Frohes neues Jahr. Wie geht es dir?
Wir haben uns seit dem Silvestermorgen nicht mehr geschrieben und irgendwie fehlt es mir. Ich würde dich gerne wiedersehen. Darf ich dich auf einen Kaffee einladen? Liebe Grüße, Tom

Ach, du meine Güte, wie konnte ich Tom vergessen? Wie peinlich ist das denn bitte? Ich meine … Da ist nichts gelaufen, aber wir hatten eine Verabredung und haben danach ein paar Nachrichten ausgetauscht.

Sofort meldet sich mein schlechtes Gewissen. Was soll ich tun?

Das Treffen mit Tom war nett. Wir haben viel gelacht, er hat Humor, ist nett, zuvorkommend und sieht dazu unglaublich gut aus.

Er ist nur wenige Zentimeter größer als ich und sportlich gebaut. Kein Muskelprotz, bei dem das Shirt fast zerfetzt, sobald er seine Muckis anspannt, aber man erkennt, dass er nicht untätig ist. Sein Bauch ist flach und fest. Woher ich das weiß? Na, durch unsere Begrüßungsumarmung. Da merkt Frau sowas. Seine Schultern sind breit und laden zum Anlehnen ein, wenn man mal traurig sein sollte. Wobei traurig sein bei Tom vermutlich eher selten vorkommt, so viel, wie ich mit ihm lachen musste.

Seine grau-grünen Augen haben ständig Lachfältchen, die sie einrahmen.

Seine fast schwarzen Haare sind kurz und mit etwas Gel in Form gehalten. Ja, doch, ich würde ihn als sexy betiteln.

Wobei das natürlich im Auge des Betrachters liegt und eigentlich auch nur zweitrangig sein sollte.

Aber seien wir mal ehrlich: Es spielt eine Rolle. Würde er mir überhaupt nicht gefallen, hätte ich ihm dann eine Chance gegeben?

Vermutlich eher nicht. Bin ich deshalb oberflächlich? Nein, ich denke nicht.

Er muss mir ja gefallen, nicht anderen. Und ich möchte jemanden an meiner Seite haben, der auf sich achtet, der sich selbst als wichtig sieht. Denn, wenn man mit sich im Reinen ist, dann kann man auch andere sehen und achtsam mit ihnen umgehen. Und damit gebe ich mir auch schon die Antwort auf meine stumme Frage, was ich ihm zurückschreiben soll.

Frohes neues Jahr, Tom! Es tut mir leid, dass ich mich nicht früher gemeldet habe, die letzten Tage waren etwas chaotisch. Ich fand unsere Verabredung sehr schön. Falls du mit meinen chaotischen Zügen zurechtkommst, würde ich mich freuen, wenn wir uns wiedersehen. Die Entscheidung liegt bei dir :-p

Herzliche Grüße, Nele

Seine Antwort folgt prompt.

Ich werde mir mit einem Heiratsantrag also noch Zeit lassen. ;-)

Zuerst sollte ich analysieren, ob ich mit der chaotischen Seite von Nele zurechtkommen werde. Vielleicht gleich morgen bei einem Kaffee im „AusZeit"? Vorfreudige Grüße, Tom

Seinen Humor scheint er somit also nicht verloren zu haben, was mich erleichtert ausatmen lässt. Ich freue mich über die Einladung und hoffe, die Begegnung mit Leo ad acta legen zu können. Da er wieder zurück in der Heimat ist, muss ich irgendwie damit umgehen, dass wir uns normal begegnen, ohne zu einem Nervenbündel zu mutieren.

Leo

Als wir an der von Mia angegebenen Adresse ankommen, biegt Josh geradewegs auf den gekennzeichneten Parkplatz ein. Schwungvoll lenkt er sein Auto in die erste freie Parklücke und löst seinen Sicherheitsgurt.

Ich schließe für einen Moment die Augen und lehne mich an die Kopfstütze. Mein Puls rast und ich atme einmal tief ein. Von Sekunde zu Sekunde werde ich nervöser.

Was mich wohl erwartet? Ich habe die drei Stunden Fahrt darüber nachgedacht, bin aber ehrlich gesagt zu keinem positiven Ausgang gelangt.

Die ganze Zeit über hat mein Bauch mir zu verstehen gegeben, dass irgendetwas im Busch ist. Das ungute Gefühl seit dem Anruf lässt mich selbst jetzt nicht los.

„Na komm, lass uns klingeln, es bringt nichts, es hinauszuzögern", fordert Josh mich auf und klopft mir auf die Schulter.

Auf dem Klingelschild von Mia Hellbrand steht ein weiterer Name: Klara Nowak. Sie wohnen also in einer WG. Meine Nervosität steigt, wenn es überhaupt möglich ist, weiter an.

Die Tür geht auf und ich erkenne Mia sofort wieder. Sie hat sich kaum verändert.

Sie ist zierlich und mindestens einen Kopf kleiner als ich. Abgesehen von dem mir neuen Pony trägt sie ihre braunen Haare so wie damals: offen und wellig bis zur Schulter.

Selbst ihre sonst so rosigen hohen Wangenknochen sind heute blass und ihre Augen rot unterlaufen, so als hätte sie viel geweint.

Als sie mich sieht, zittert sie und ihre Schultern sacken nach unten. Sämtliche Anspannung scheint von ihr abzufallen.

„Du bist gekommen!", wispert sie sogleich und Tränen glitzern in ihren wasserblauen Augen.

Soll ich sie umarmen? Oder sie kurz an der Schulter berühren, um ihr meine Anteilnahme zu zeigen? Ich bin so hilflos. Wir kennen uns kaum, aber ich möchte nicht herzlos erscheinen.

Ich entscheide mich, kurz ihre Hand zu drücken und zeige dann auf meinen Bruder.

„Hallo Mia, das ist mein Bruder Josh. Ich weiß nicht mehr, ob ihr euch damals auch kennengelernt habt."

Sie nickt und tritt einen Schritt zur Seite. „Kommt rein."

Neben der Haustür steht eine Wohnungstür offen, die Mia ansteuert.

Ihre Wohnung sieht hell und freundlich aus.

Vom Flur gehen mehrere Türen ab. Sie zeigt auf eine Tür und gibt mit Handzeichen zu verstehen, dass wir ihr folgen sollen.

„Setzt euch. Wollt ihr etwas trinken? Ich habe einiges hingestellt, bedient euch einfach", bietet sie uns an, als wir in der Küche angekommen sind.

Auf dem Tisch vor uns stehen Tassen und Gläser. Eine Flasche Wasser und eine Kanne Kaffee bilden mit dem Milchkännchen und der Zuckerdose einen Kreis daneben.

Mia richtet ihr Wort an mich.

„Ich kann mir denken, dass du verwirrt bist. Glaub mir, das bin ich auch und so vieles mehr. Und es gibt eigentlich keinen Weg, dir das schonend zu erzählen …"

In ihren Augen flackert es und es bilden sich erneut Tränen.

„Leo, Klara hatte in der Nacht vor Silvester einen tödlichen Autounfall."

Sie schluchzt auf, atmet einmal tief durch, bevor sie weiterredet.

„Ein betrunkener Autofahrer kam ihr auf ihrer Spur entgegen. Sie hatten keine Chance und ist noch am Unfallort verstorben."

Ich bin bereits beim ersten Satz erstarrt und versuche, ihre Worte sacken zu lassen. Sie schaut mich an und scheint auf eine Reaktion zu warten.

„Puh, krass. Das ist … Mia, mein herzliches Beileid, ich weiß, wie nahe ihr euch steht … standet. " Bevor ich weiterreden kann, muss ich schlucken.

„Ich kann es nicht glauben. Das ist furchtbar.“

Geschockt sehe ich Mia dabei zu, wie sie weiter mit den Tränen kämpft.

„Das ist noch nicht alles, Leo.“ Sie atmet tief ein und wieder aus.

„Klara hat jemanden hinterlassen.“

Sie sieht mich durchdringend an, um dann leiser fortzusetzen.

„Ihre kleine Tochter. Sie heißt Sofie und ist zwei Jahre alt.“ Mia lässt mich keine Sekunde aus den Augen und beobachtet ganz genau, wie ich reagiere. „Sie ist deine Tochter. Ihr vollständiger Name ist Sofie Leona Nowak.“

Mit dieser Aussage reißt sie mir den Boden unter den Füßen weg.

Dieses Gefühl ist so mächtig, als würde der Pool vom Dach eines Hochhauses unter mir aufreißen und mich mitsamt des Wassers komplett nach unten ziehen.

Der Sog lässt nicht nach und plötzlich habe ich das Gefühl, keine Luft mehr zu bekommen. Keuchend fasse ich mir an den Hals und ziehe am Kragen meines Shirts. Mein Puls beschleunigt sich und ich suche hektisch nach Halt.

Ob ich bald aus diesem seltsamen Traum aufwache? Ich spüre, wie jemand meinen Arm berührt. Ist das Josh?

„Leo?“

Mein Puls rast immer noch und die Gedanken galoppieren energisch in meinem Kopf.

Kein Ton verlässt meinen Mund.

Ich habe keine Tochter, wie soll das gehen? Wir haben uns drei Jahre nicht gesehen, waren nur zwei Wochen zusammen und haben verhütet.

Josh erkennt meinen Zustand und drückt mich rückwärts auf einen Stuhl.

Er neigt meinen Oberkörper nach unten und legt meinen Kopf zwischen die Beine.

„Ruhig atmen, Leo."

Nach einigen Minuten habe ich mich beruhigt und der Nebel in meinem Kopf lichtet sich.

Josh wartet kurz ab und übernimmt dann das Wort.

„Okay, warte, du sagst, dass die kleine Sofie meine Nichte ist, aber wie kann das sein?", spricht er meine Bedenken laut aus.

Mia holt einmal tief Luft und setzt sich aufrechter hin.

„Sofie ist zwei, mit der Schwangerschaft mitgerechnet passt es zeitlich. Klara ist der ehrlichste Mensch, den ich kenne."

Sie senkt den Blick.

„Sie war der ehrlichste Mensch … Sie hatte zu diesem Zeitpunkt weder vor noch nach dir einen anderen Mann, der als Vater in Frage kommt. Sie hat immer wieder beteuert, sie würde dir Sofie vorstellen, wenn sie den richtigen Zeitpunkt findet. Ich fand es nicht fair, weder dir und schon gar nicht Sofie gegenüber. Sie wusste, dass du ein wichtiges Projekt angehen würdest und ins

Ausland gezogen bist. Vermutlich war das einer ihrer Gründe."

Immer wieder nimmt Mia sich einen Augenblick Zeit zum Überlegen.

„Ein Kind hat das Recht darauf zu wissen, wer sein Vater ist. Das ist meine Meinung. Wir haben hier zusammen gewohnt. Seit vielen Jahren und als Sofie geboren wurde, war sie ein Teil unserer Wohngemeinschaft. Ich bin ihre Patentante und neben ihrer Mutter die engste Bezugsperson. Ich kümmere mich deshalb seit Klaras Tod um sie."

Ich schaue Josh an.

Er grinst, steht auf und zieht mich in eine fette Umarmung.

„Herzlichen Glückwunsch, Papa Leo!"

Papa Leo? Wie ist das passiert? Also, ich meine, mir ist klar, wie so etwas passiert, aber …

Mia hat sich wieder etwas gefasst und schmunzelt leicht, als sie uns beide beobachtet.

„Ich weiß, die Situation ist skurril, wir werden selbstverständlich einen Vaterschaftstest veranlassen. Das würde ich auch tun an deiner Stelle. Aber für Klara bestand kein Zweifel. Es gab keinen anderen Mann zu der Zeit in ihrem Leben. Du bist Sofies Vater. Meine wichtigste Frage an dich ist: Möchtest du sie jetzt und hier kennenlernen? Sie ist nebenan mit einer Bekannten im Wohnzimmer."

Und damit habe ich zum zweiten Mal innerhalb weniger Minuten das Gefühl, dass sich der Boden unter mir auftut und mich verschlingt.

Ich stehe auf und gehe mit wild schlagendem Herz zum Fenster. Den Kragen des Shirts wieder vom Hals gezogen drehe ich den Griff zum Öffnen in der Hoffnung, wieder besser Luft zu bekommen.

„Hör zu, ich lasse euch beide für ein paar Minuten alleine. Ich verstehe, dass du Zeit brauchst. Bitte bedenke nur, dass dieses kleine Mädchen vor wenigen Tagen ihre Mama verloren hat. Ich bin für sie da, glaube aber, dass es besser für sie wäre, wenn sie ihren Papa an ihrer Seite hat. Es zerreißt mich innerlich zu wissen, dass ich nicht nur meine beste Freundin verloren habe, sondern vielleicht auch mein Patenkind, wenn sie nicht mehr hier ist. Aber ich muss im Sinne von Sofie handeln."

Mia hat recht.

Alles andere ist einfach völlig falsch. Wenn ich das richtig verstehe, gibt es sonst niemanden, sie würde vermutlich in eine Pflegefamilie kommen. Oder was passiert mit einem Kind, das seine Mutter verliert?

Als würde Mia meine Gedanken lesen, antwortet sie mir unbewusst auf meine Fragen.

„Klara hat einen Brief beim Notar hinterlegt. Dort steht drin, was mit Sofie passieren soll, wenn sie stirbt. Sie wollte unter keinen Umständen, dass Sofie jemals zu ihren eigenen Eltern kommen muss. Ich weiß nicht, wann und wie du diesen Brief erhältst, aber er wird kommen."

So langsam erwache ich aus meiner Starre.

Ich stehe auf und ziehe Mia an mich.

Sie ist seit Tagen garantiert nur am Funktionieren und braucht bestimmt auch jemanden, der sie auffängt.

Sie krallt sich an mir fest, schluchzt laut und weint an meiner Brust. Ich streichle ihr über den bebenden Rücken und rede beruhigend auf sie ein. Nach ein paar Minuten lässt das Zittern nach und sie löst sich von mir.

„Danke, Leo. Ich gehe nach nebenan. Lasst euch Zeit. Kommt gerne dazu, wenn ihr wollt, ansonsten komme ich einfach nochmal rüber und wir sehen weiter, okay? Ach, und Sofie weiß jetzt noch nicht, wer du bist", sagt sie zaghaft und blickt zwischen Josh und mir hin und her.

„Ja, gib mir ein paar Minuten. Wir kriegen das hin. Ich lasse euch nicht im Stich", sage ich viel zuversichtlicher, als ich mich fühle.

Aber ich werde garantiert kein Kind im Stich lassen und schon gar nicht, wenn es sonst niemanden mehr hat.

Wie ich das anstellen soll, ist mir aber gerade noch schleierhaft.

Nachdem Mia die Küche verlassen hat, drehe ich mich zu Josh.

„Was jetzt? Ich und Vater? Ich meine, ja, ich wollte immer einer werden, aber doch nicht so? Und nicht von heute auf morgen. Puh …"

Ich reibe mir mit beiden Händen übers Gesicht.

„Das Leben ist kein Wunschkonzert. Das weißt du. Die Frage ist, was jetzt wichtiger ist. Willst du hier sitzen, um dir Fragen zu stellen, wie es dazu kam, oder nutzen wir die Zeit und überlegen uns, was du nun machen willst oder kannst?"

Josh, der Pragmatiker. Habe ich erwähnt, dass ich meinen Bruder liebe?

Er macht eine kurze Pause und legt seinen Arm um meine Schulter.

„Ich nehme an, du willst sie kennenlernen?", fragt er mich.

Ohne zu zögern sage ich „Ja!".

„Nichts anderes habe ich mir gedacht. Ich bin da. Für dich und für Sofie. Wir finden einen Weg. Du solltest einen Vaterschaftstest machen. Einfach nur, um 100% sicher zu sein, und dann schmieden wir mit Mia einen Plan. Wir können Sofie ja nicht einfach so mitnehmen."

Er hat recht. Einen Schritt nach dem anderen.

Nachdem Leo und ich uns darüber einig sind, dass wir erst einmal alles mit so viel Ruhe wie möglich angehen, möchte ich Sofie kennenlernen.

Wir gehen die paar Schritte von der Küche bis zu dem Raum, in dem wir Stimmen hören. Ich klopfe leise und öffne zögerlich die Tür.

Sechs Augenpaare sind auf uns gerichtet. Davon eins in stechendem Blau, kugelrund und riesengroß, das Gesichtchen umrahmt von kleinen blonden Löckchen. Sie sieht aus wie ein kleiner

Engel. Ein Engel inmitten von Teddys und einer Puppe.

Mir stockt der Atem bei ihrem Anblick und ich muss mich räuspern.

„Hallo Sofie", sage ich leise und gehe ein paar Schritte auf sie zu, bevor ich mich hinhocke.

Sie sieht so zauberhaft aus.

„Ich bin Leo, ich freue mich, dich kennenzulernen."

Meine Augen sind nur auf sie gerichtet, während ich mich ihr langsam nähere.

Ich kann meinen Blick einfach nicht von diesem kleinen Wesen lösen.

Sie ist so klein, so wunderschön und einfach nur niedlich.

Mir wird ganz warm ums Herz und mein Puls beschleunigt sich vor Aufregung.

Ich habe keine Ahnung, wie man sich fühlen muss, wenn man Vater wird, aber wenn dieses unglaublich warme Gefühl, das sich in meiner gesamten Brust ausbreitet, dazugehört, dann will ich nie wieder etwas anderes sein als Vater.

Meine Mundwinkel biegen sich automatisch nach oben.

„Darf ich mich zu dir setzen? Ich habe schon lange nicht mehr mit Teddys gespielt und würde mich freuen, wenn ich mitspielen darf", frage ich sie zaghaft.

Sofort fängt sie an zu strahlen und hält mir einen Teddy entgegen.

Ihr offenes Angebot nehme ich an und setze mich vor dieses zauberhafte kleine Mädchen.

„Oskar da!" Sofie zeigt auf einen anderen Teddy.

„Darf Josh vielleicht auch mitspielen? Er könnte vielleicht Oskar haben?"

Ich deute auf meinen Bruder, der sich auf ihr Nicken hin zu uns setzt.

Ich höre, wie Mia sichtlich erleichtert ausatmet, so als hätte sie die ganze Zeit die Luft angehalten.

Nach etwa einer Stunde, in der wir zusammen mit Sofie, Oskar und den anderen Teddys gespielt haben, bemerke ich, dass nur noch Mia sich mit uns im Raum befindet. Sie kommt leise auf Sofie zu und sagt:

„Na, meine Süße, du hast sicherlich Hunger. Komm mit, es gibt Abendbrot für dich".

Sie breitet die Arme aus und empfängt Sofie in einer herzlichen Umarmung.

„Ich möchte nicht unhöflich sein, aber ich denke, es wäre gut, wenn du uns jetzt zwei Stunden Zeit gibst. Damit ich Sofie nachher ins Bett bringen kann und etwas Zeit für sie habe. Es ist nicht leicht für sie, in den Schlaf zu finden und ich glaube, es war genug Aufregung heute. Danach könnten wir uns an einen Tisch setzen und reden. Was meinst du, Leo?"

Mia schaut mich an und streichelt währenddessen über den kleinen Lockenkopf.

Ob sie so weich sind, wie sie aussehen? Es wäre aber einfach zu früh, Sofie jetzt zu berühren.

„Ja, du hast recht. Aber ehrlich gesagt würde ich lieber morgen wiederkommen. Wäre das in Ordnung? Lass uns später kurz telefonieren und eine Uhrzeit absprechen."

Mia nickt und verspricht, sich zu melden, wenn die Kleine schläft.

Ich verabschiede mich von Sofie und verspreche ihr, dass wir uns bald wiedersehen werden.

Josh und ich laufen nebeneinander zum Auto.

„Vaterschaftstest könnest du dir genauso gut sparen. Sie sieht aus wie du und ich in dem Alter. Verrückt, aber so ist es. Sie hat deine blauen Augen. Und die gleichen Locken wie wir damals."

Er grinst übers ganze Gesicht und klopft mir auf die Schulter. „Hast du echt gut hinbekommen, Brüderchen."

Nele

Im Kindergarten war wirklich der Teufel los. Ständig hat sich irgendeines der Kleinen in meiner Krippengruppe, den „Marienkäfern", übergeben. Wenn nicht das, mussten wir pausenlos Windeln wechseln. Diesen Geruch werde ich heute wohl nicht mehr los.

Bisher wurde ich, Gott sei Dank, verschont, aber bei Lana in der Bärengruppe hat heute bereits die zweite Erzieherin gefehlt und alle mussten improvisieren.

Wenn es so weitergeht, wird die nächste Zeit wirklich alles andere als lustig. Das einzig Gute daran ist, dass ich absolut keine Zeit habe, mir über irgendetwas anderes Gedanken zu machen.

Völlig kaputt komme ich nachmittags zuhause an und gehe erstmal direkt unter die Dusche.

Da ich in einer Stunde mit Tom verabredet bin, bleibt mir nicht viel Zeit, um mich lange damit zu befassen, was ich anziehen soll.

Ich schnappe mir eine Jeans und meinen Lieblingspulli, trage ein wenig Mascara auf und gucke in den Spiegel.

Ja, das passt so. Ich bin weder ein Mode-püppchen noch möchte ich etwas vorspielen, was ich nicht bin.

Das kann auf längere Sicht ja nur nach hinten losgehen. Entweder er mag, was er sieht oder eben nicht.

Tom sitzt bereits an einem der Tische, als ich im Café ankomme. Er trägt einen lustigen Hoodie mit dem Keksmonster darauf und eine locker sitzende Jeans.

Tom ist Anwalt. Es ist grandios zu sehen, dass es auch die gibt, die nicht nur in Anzug und Krawatte herumlaufen.

Dieser Auftritt zeigt, wie selbstsicher Tom in seiner Freizeit mit nur 31 Jahren auftreten kann. Ich kann mir nicht vorstellen, dass sich viele Anwälte so zeigen würden.

Lachend trete ich an seinen Tisch.

„Du glaubst gar nicht, wie sehr ich deinen Hoodie feiere."

Tom steht auf und umarmt mich flüchtig zur Begrüßung.

„Solange du mit mir lachst und mich nicht auslachst, gefällt mir das", grinst er und bietet mir mit einer Handbewegung einen Stuhl an.

Bei Kaffee und einem Stück Kuchen unterhalten wir uns und merken nicht, wie schnell die Zeit verfliegt.

Das Café *AusZeit* ist einer meiner Wohlfühl-plätze. Jule, die Inhaberin, hat einen Ort geschaffen, der einfach magisch ist – mit vielen kleinen Nischen, die zum Verweilen einladen.

Die Bücherecke hat es mir besonders angetan.

Hohe helle Regale, gefüllt mit allen möglichen Büchern, umrahmen den hinteren Bereich. Das Prinzip ist ähnlich wie das der Bücherzellen, die derzeit in vielen Dörfern wie aus dem Boden sprießen.

Jeder, der Bücher hat, die er nicht mehr braucht, kann sie dort hineinstellen und etwas anderes, was ihm gefällt, mitnehmen oder hier im *AusZeit* bei einem Stück Kuchen und einer Tasse Kaffee direkt vor Ort lesen.

Eine spezielle Kinderecke sorgt dafür, dass die Eltern ein paar Minuten Ruhe genießen können.

Mit Tom wird es nie langweilig. Wir haben denselben Humor und ich lache fast die ganze Zeit.

Beim Verabschieden verbleiben wir mit dem Versprechen, uns bald wiederzusehen.

Wohin es führen wird, weiß ich noch nicht, aber ich mag ihn. So viel steht fest.

Auf dem Weg nach Hause fällt mir auf, dass ich die ganze Zeit nicht an Leo gedacht habe, und das stimmt mich zuversichtlich.

Aus der Küche kommt ein verführerischer Duft. Er lockt mich geradezu an.

Schnell schlüpfe ich in meinen kuscheligen Hausanzug, stülpe mir ein paar quietschgrüne

Wollsocken über und begebe mich in das Herzstück des Hauses.

Heute müssen wir unseren Küchen- und Einkaufsplan für die nächsten Wochen ausarbeiten.

Wir teilen uns das Kochen und Einkaufen, wobei Lana öfter kocht, als dass ich kochen würde. Ich habe mich selbst zur Küchenhilfe ernannt.

Ich kann es einfach nicht. Bei mir gibt es eher kalte Küche oder irgendwelche Teigtaschen. Wraps oder Fajitas gehen immer. Fleisch anbraten, Gemüse und leckere Zutaten schnibbeln bekomme ich gut hin.

Dafür kaufe ich öfter ein, denn das mag Lana nicht. Wir ergänzen uns also hervorragend, was diesen Bereich angeht.

Ich trete ein und sehe meine beste Freundin hüftschwingend, den Kochlöffel als Mikrofon in der Hand, tanzen und singen.

„Hahaha, du bist 'ne Nummer, dich hat es bisher also auch nicht erwischt. Gott sei Dank. Es war echt fies heute. Die armen Kleinen. Vielleicht sollten wir nachher einen Schnaps trinken, damit wir alles abtöten, was uns vielleicht doch noch umhauen könnte", kichere ich und plumpse auf einen der Küchenstühle.

„Bei den Bärenkindern war es auch richtig schlimm. Der kleine Pete hat so doll erbrochen, dass seine Eltern direkt mit ihm ins Krankenhaus gefahren sind, als sie ihn abgeholt haben. Ich glaube, das war die richtige Entscheidung. Er muss sicherlich an den Tropf. Damit ist echt nicht zu spaßen, die dehydrieren so schnell". Betroffen schaut Lana zu mir.

„Aber erzähl mal: Hattest du nicht heute eine Verabredung?"

„Wir waren Kaffee trinken. Es war richtig nett", antworte ich fröhlich.

Lana, die gerade den Tisch deckt, lacht auf.

„Nele, nett ist die kleine Schwester von … du weißt schon. Nur nett oder was?"

„Ach, du schon wieder, was soll ich denn nach zwei Treffen sonst sagen? Er hat Humor, sieht gut aus und ist nett. Ja, nett. Ich mag ihn, aber mehr ist da nicht. Bisher sind keine fliegenden Tierchen im Bauch, wenn du darauf aus bist", antworte ich und werfe eine Packung Taschentücher nach ihr.

Lachend decken wir den Rest des Tisches zusammen und lassen uns das Reis-Curry schmecken.

Nachdem wir alles verputzt und die Küche auf Vordermann gebracht haben, lassen wir uns mit einem weiteren Glas Weißwein auf dem Sofa nieder. Mein Handy meldet eine Textnachricht.

Ich wünsche dir einen schönen Abend. Ich wollte mich noch einmal für die nette Gesellschaft heute Nachmittag bedanken. Es hat viel Spaß gemacht. Gute Nacht, Tom

„Deine Verabredung?" Lana wackelt mit den Augenbrauen und grinst mich frech an.

„Er heißt Tom und ja. Er hat sich für den Nachmittag bedankt", gebe ich zurück und strecke ihr die Zunge raus.

Mir hat es auch Spaß gemacht und hey, mit Kuchen hast du mich immer :-P
   Schlaf schön, Nele

Und dann wie aus dem Nichts sind da wieder diese blauen Augen, die mich ansehen, während ich darin versinke. Mein Herz rast los.

Verdammt. Ich hatte es doch geschafft, ihn heute bisher weitestgehend aus meinen Gedanken zu verbannen. Warum schleicht er sich ausgerechnet jetzt wieder ein?

„Hast du Tom etwas Unanständiges geschrieben? Oder … nein, das passt nicht zu dir. Hast du an Leo gedacht, während du mit Tom textest?"

Sichtlich amüsiert trinkt Lana einen Schluck aus ihrem Weinglas.

Etwas zerknirscht gebe ich zu: „Ja, ziemlich verkorkst das Ganze. Tom ist wie gesagt nett. Es war auch wirklich lustig mit ihm heute. Aber warum muss ich dann jetzt doch an Leo denken? Das ist doch blöd."

Wie lange ist es in Ordnung, sich mit Tom zu verabreden und fast zeitgleich an Leo zu denken?

Ich bin nicht der Typ, der zweigleisig fährt. Wobei, was heißt zweigleisig. Ich sehe Leo vermutlich so schnell nicht wieder. Trotzdem habe ich ein schlechtes Gewissen.

„Vielleicht musst du nur herausfinden, was du eigentlich willst."

Wenn das so einfach wäre.

Ich nicke. „Muss ich wohl. Wenn ich nur wüsste, wie ich das anstellen soll."

Nachdem ich meinen Wein ausgetrunken habe, wünsche ich Lana eine gute Nacht und verziehe mich in mein Zimmer.

An Schlaf ist nicht zu denken.

Warum hat mich die Begegnung mit Leo so aus der Bahn geworfen?

Warum muss ich nach dieser langen Zeit nun ständig an ihn denken, obwohl ich das die ganzen Jahre nicht mehr getan habe?

Vermutlich ist es einfach nur der überraschenden Situation geschuldet.

Wäre ich darauf vorbereitet gewesen, hätte ich bestimmt anders reagiert und würde mir gar keine Gedanken mehr machen. So muss es sein.

Leo und ich haben eine gemeinsame Vergangenheit, die Tom und ich nicht haben.

Deswegen sollte ich Zeit mit Tom verbringen. Nur so können wir Erinnerungen schaffen und vielleicht entwickeln sich dann auch mehr Gefühle.

Man kann ja nicht immer direkt das Gefühl von Verliebtsein erwarten, oder?

Ich mag ihn doch, also kann daraus auch mehr entstehen, wenn ich es nur zulasse.

Ich schnappe mir mein Handy und schreibe Tom eine Nachricht:

Hey, hast du vielleicht Lust, mal zusammen zu kochen? Ich dachte mir, nachdem wir soviel über Essen gequatscht haben, könnten wir eins der Gerichte zusammen ausprobieren. Was meinst du?
Nele

Zufrieden mit meiner Idee lege ich das Handy zur Seite und hoffe, dass ich endlich einschlafen kann.

Leo

Pünktlich um 8.30 Uhr stehe ich wieder bei Mia vor der Wohnungstür und klingele.

Schritte nähern sich und ich werde nervös. Immerhin werde ich gleich meine kleine Tochter wiedersehen. Schnell wische ich meine schwitzigen Hände an meiner Jeans ab.

Es ist immer noch so unwirklich. Meine Tochter! Dabei fällt mir ein, dass ich meine Mutter anrufen sollte, denn immerhin ist sie plötzlich über Nacht Oma geworden und wird sich garantiert riesig freuen. Wobei ich ja noch überhaupt keine Ahnung habe, wie es weitergehen soll.

Bevor ich mich in meinen Gedanken verlieren kann, öffnet sich die Tür.

Mia steht mit Sofie auf dem Arm im Türrahmen.

„Hallo Leo.

Schau Sofie, da ist Leo. Wollen wir nach dem Frühstück zusammen zum Spielplatz gehen?"

Sofie strahlt über das ganze Gesicht und klatscht freudig in die Hände: „Pielpatz gehen!"

„Das werte ich mal als ein Ja", schmunzelt Mia und bittet mich hinein.

Beim Anblick meiner Tochter spüre ich so etwas wie Stolz, obwohl ich dafür ja gar nichts getan habe.

Mia hat bereits den Frühstückstisch gedeckt, hebt eine Tasse und fragt: „Kaffee?"

„Gerne, schwarz, danke dir", erwidere ich.

Ich setze mich auf den Platz neben Sofie. Sie grinst mich an und klatscht in die Hände.

„Ich freue mich schon, mit dir zu rutschen, oder magst du lieber schaukeln?", frage ich sie und bin gespannt, ob sie mir eine Antwort geben kann, die ich überhaupt verstehe.

Da ich bisher wenig mit Kindern zu tun hatte, weiß ich nicht genau, wie viel sie in ihrem Alter schon sprechen. Gestern hat sie jedenfalls nicht viel gesprochen.

Sofies Augen funkeln und sie hüpft in ihrem Stuhl auf und ab.

„Jaaaa rutschn. Schaukeln. Jaaaa."

Ihre Freude ist so ansteckend, dass sie direkt auf mich überschwappt.

„Okay, ich verstehe, schätze, wir machen eins nach dem anderen, was?"

Wie sehr man sich über die Freude eines Kindes selber freuen kann, war mir bis heute nicht klar.

„Ich schreibe Josh, sobald wir hier losfahren. Dann kann er zum Spielplatz kommen und später ein wenig mit ihr spielen. So schaufeln wir uns etwas Zeit, um Pläne zu schmieden. Ist das für dich in Ordnung?"

„Ja, das ist eine gute Idee. Danke, Leo".

Der Spielplatz ist wirklich schön und sieht neu aus.

Er ist in zwei Bereiche aufgeteilt.

Einen für größere Kinder und einen für die ganz Kleinen.

Mit Sofie herumzutollen macht unglaublich viel Spaß und auch Josh rennt ihr hinterher, als hätte er seit Jahren nichts anderes gemacht.

Ich gebe ihm mit einem Handzeichen zu verstehen, dass ich mich jetzt eine Weile ausklinke. Mia und ich setzen uns auf eine Bank, die am Rand neben der Rutsche steht.

„Als ich Sofie gestern Abend zu Bett gebracht habe, hat sie nach ihrer Mama gefragt. Es tut mir so weh, sie so traurig zu erleben."

Mia versucht, ihre Tränen zurückzuhalten.

„Wir müssen schnell eine Entscheidung treffen, wie wir weiter vorgehen. Ich glaube, deshalb wäre es wichtig, dass wir eine Trauerbegleitung für Sofie an die Seite holen."

Sie hat recht. Die Zeit spielt jetzt sicherlich eine große Rolle, weshalb ich nicke.

„Klara hat Sofie von ihrem Papa erzählt. Es gibt dich also in ihrem Leben, an ihrem Bett steht sogar ein Foto von dir und Klara. Sie weiß, dass auf diesem Bild ihr Papa drauf ist."

„Hast du ihr dazu gestern irgendetwas erzählt?"

„Nein. Ich bin ehrlich gesagt total überfordert damit. Sofie hat sich das Foto vor dem Schlafen anders angesehen als sonst. Ich habe es aber nicht kommentiert."

„Ich werde für Sofie da sein, ihr ein Papa sein, so wie sie es verdient hat. Aber ehrlich gesagt überfordert mich die ganze Situation gerade. Ich bin erst seit kurzem zurück aus Schweden, wohne mit Josh in einer kleinen Wohnung und wir sind dabei, uns selbstständig zu machen", versuche ich ihr einen Einblick in mein derzeitiges Leben zu geben.

„Gibt es die Möglichkeit, dass du mit Sofie für eine Weile zu uns kommst? Nicht in unsere Wohnung, aber vielleicht in eine Ferienwohnung, so dass Sofie und ich uns annähern können, du aber trotzdem dabei bist?"

Ich kann mir nicht vorstellen, sie einfach mitzunehmen und ihrer einzigen Bezugsperson zu entreißen, die sie gerade noch hat.

Mia nickt.

„Die Idee finde ich sehr gut. Ich habe sowieso gerade Urlaub, mein Chef weiß ja von der prekären Situation. Er hat mir seine Hilfe angeboten und wird mir keine Steine in den Weg legen."

„Wir suchen uns psychologische Hilfe, damit wir die nächsten Schritte so schmerzlos wie möglich für sie gestalten können."

Es muss doch eine Möglichkeit geben, heute noch jemanden um Rat zu fragen, wie wir Sofie erzählen sollen, dass der Mann vom Foto und ich ein und dieselbe Person sind.

Die gesamte Situation ist so surreal und so komplett an meiner bisherigen Welt vorbei. Ich habe mich noch nie in meinem gesamten Leben so hilflos gefühlt. Mama!

„Ich rufe erstmal meine Mutter an. Vielleicht hat sie eine Idee, einen Tipp oder was auch immer. Immerhin ist sie jetzt Oma und sollte wissen, dass sich so einiges ändern wird."

Jetzt muss Mia doch weinen, das wollte ich nicht. Ich ziehe sie in meine Arme und streiche ihr sanft über den Rücken.

„Danke Leo", schluchzt sie, „danke, dass du uns nicht hängen lässt."

„Das ist doch selbstverständlich." Ich würde niemals jemanden, der Hilfe braucht, im Stich lassen. Meine Tochter schon mal gar nicht.

Während Mia sich nun Sofie und Josh zuwendet, entferne ich mich ein paar Schritte vom Spielplatz und rufe meine Mutter an, die wie erwartet völlig aus dem Häuschen ist. Niemals hätte sie damit gerechnet. Wie auch. Das hat niemand von uns. Aber nach einigen Minuten hat sie sich dann unglaublich gefreut. Der verspätete Jubelschrei hallt immer noch in meinen Ohren nach. Ich muss schmunzeln. Meine Mama ist wirklich die Beste!

Sie hat mir ihre volle Unterstützung zugesagt. Ihre Freundin Anna hat eine Wohnung im Nachbarort, die sie gerade neu renoviert hat und wieder vermieten wollte. Vielleicht wäre die Wohnung genau das Richtige für uns. Mama wird sich direkt mit ihrer Freundin in Verbindung setzen und nachfragen, ob sie sich vorstellen könnte, sie erst einmal zwischenzuvermieten auf unbestimmte Zeit.

Sie riet mir, offen und ehrlich zu Sofie zu sein.

Kinder haben mehr Kompetenzen, als ihnen oftmals zugetraut werden.

Ich soll versuchen, mit ihr auf Augenhöhe zu kommunizieren und ihr zutrauen, die Verknüpfung zwischen Bild und realer Person selber herzustellen.

Da Klara keinerlei negative Assoziationen zu der Person „Papa" auf ihrem Bild an Sofie vermittelt hat, wird es vermutlich auch nicht so schlimm, wie ich mir das gerade vorstelle.

Ich nehme mir vor, sie heute Abend ins Bett zu bringen, alles auf mich zukommen zu lassen und Sofie zu vertrauen.

Mia werde ich um ein geliebtes Kleidungsstück von Klara bitten. Ich habe erst kürzlich Trauerbewältigungspuppen auf Facebook entdeckt, die aus Kleidung von Verstorbenen hergestellt werden.

So eine werde ich Sofie machen lassen. Mir gefällt die Idee, dass sie ihre Mama auf diese Weise immer bei sich tragen kann, sehr gut.

„Hast du ein Lieblingsbuch?", frage ich Sofie nach dem Abendbrot.

„Ja, Buch. Hase lieb!"

Mia lächelt.

„Das ist die Geschichte über einen kleinen Hasen und seine Mama. *Weißt du eigentlich, wie lieb ich dich hab?* So heißt es."

„Alles klar, dann lesen wir das Buch mit dem Hasen. Wenn du fertig gebadet und Zähne geputzt hast, bringt Mia dich ins Bett. Vielleicht ruft ihr mich dann, ja?"

Nach dem Baden liegt meine Tochter in ihrem riesigen Bettchen, hat die Bettdecke bis unters Kinn gezogen und grinst. Mein Herz schwillt an. Es ist schön zu sehen, dass es ihr trotz der Umstände zumindest weitestgehend gut geht und sie noch lachen kann. Das stimmt mich zuversichtlich.

Mia hatte ich gebeten, dabei zu bleiben.

Mir ist wichtig, Sofie das Gefühl von Sicherheit zu vermitteln, weshalb Mia als Vertrauensperson in ihrer Nähe bleiben sollte.

Nach der ersten Seite setzt sich Sofie auf. Ich lese weiter und beobachte sie zeitgleich. Sie nimmt das Foto von ihrem Nachttisch und schaut zwischen der Aufnahme und mir hin und her. Mit ihrem Finger fährt sie über die Personen unter dem Glas und runzelt mit ihrer Nase.

Ich mache eine Lesepause und betrachte sie. Sie zeigt mit ihrem Finger auf das Foto.

„Papa da."

Dann schaut sie zu mir und wieder aufs Bild. Ich erkenne ihre Verwirrung und sage: „Ja, auf dem Foto ist dein Papa mit deiner Mama. Beide haben dich sehr lieb. Erkennst du noch etwas?"

Sie schaut wieder aufs Bild und zeigt diesmal auf mich. „Papa da?"

„Ja, das bin ich auf diesem Bild. Ich bin dein Papa. Ich bin jetzt hier bei dir, Sofie. Wir bleiben jetzt zusammen und ich werde immer auf dich aufpassen."

Im Hintergrund höre ich Mia leise weinen.

Sofie sieht mich an und lächelt. „Papa du? Papa Fie?"

Ich schwöre, dass es das allerschönste Lächeln ist, das ich je in meinem Leben gesehen habe. Ich stehe auf und setze mich näher zu Sofie.

„Ja, meine kleine Sofie. Ich bin dein Papa, leider wusste ich das bis gestern nicht. Darf ich dich in den Arm nehmen?"

Und dann springt sie auf und wirft sich mir an die Brust.

Mein Herz sprudelt über vor Glück und die Tränen laufen mir übers Gesicht.

Ich weine selten, aber jetzt kann ich es einfach nicht kontrollieren. Das ist wie pures Gold, das durch meine Adern fließt. Dieses kleine süße Mädchen trägt mein Herz in ihren Händen und das nach diesen paar Stunden. Wie kann das so schnell passieren? Ich kann es nicht erklären, es ist auch unwichtig. Es ist einfach nur wunderbar.

Sofie ist eingeschlafen. Josh und ich fahren wieder ins Hotel.

Meine Mutter hat mir geschrieben, dass Anna uns die Wohnung zur Verfügung stellen wird. Ich werde also mit Sofie und Mia in diese Wohnung ziehen. Mia wird die nächsten Wochen bei uns bleiben. Das ist die vernünftigste Lösung. Josh bleibt in der kleinen Wohnung und sein zweites Zimmer wird wieder zum Arbeitszimmer.

Bevor ich mich schlafen lege, gebe ich eine Trauerbewältigungspuppe für Sofie in Auftrag. Ich möchte sie ihr so schnell wie möglich schenken.

Die nächsten Tage sind wir alle beschäftigt. Eine Trauerbegleiterin unterstützt uns im Umgang mit Sofie. Sie hilft uns, ihre Trauer zu sehen und zu verstehen und den Umzug so einfach wie möglich zu gestalten. Sie hat uns auch einen Kontakt in meiner Heimat beschafft, damit Sofie nach dem Umzug Hilfe bekommt.

Josh ist wieder nach Hause gefahren und hat sich die Wohnung von Anna bereits angesehen.

Wir haben wirklich Glück, diese so schnell gefunden zu haben, denn sie ist wirklich schön, bereits teilmöbliert und liegt in ruhiger Lage. Das alles habe ich selbst nicht gesehen, aber ich vertraue Josh.

Da sie drei Schlafzimmer hat, könnten wir eventuell auch später mit Josh dort wohnen, wenn es passt. Erstmal wird aber Mia das dritte Zimmer bekommen.

Sie hat ihren Chef angerufen, der ihr als dreifacher Familienvater natürlich hilft. Er hat ihr so viel Urlaub bewilligt, dass sie die nächsten Wochen an unserer Seite sein kann.

Finanziell hat sie ein Polster und ich werde sie selbstverständlich unterstützen, schließlich hilft sie mir mit ihrer Selbstlosigkeit sehr.

Am Wochenende wollen wir in die neue Wohnung ziehen. Vorher treffen wir uns mit Josh an einem Möbelhaus, um zusammen mit Sofie neue Möbel für sie auszusuchen.

Sie soll sich schließlich wohl fühlen.

Mein Gefühl sagt mir, dass es richtig ist, zwar ein paar alte Möbel mitzunehmen, damit Sofie Erinnerungsstücke aus ihrem alten Zimmer hat, aber auch neue zu besorgen, damit der Neuanfang für sie etwas Positives mit sich bringt.

Das Schlimmste der letzten Tage war Klaras Beerdigung. Sie sollte im friedlichen und kleinen Kreis ihrer liebsten und wichtigsten Menschen stattfinden. Zumindest war das der Plan.

Ich stehe hinter Mia, die mit Sofie auf dem Arm am Grab von Klara steht. Uns war wichtig, dass auch die Kleine Abschied nehmen kann.

Wir haben gestern Nachmittag zusammen ein Bild gemalt, das wir ihrer Mama aufs Grab stellen. Sofie mit Mia, Klara und mir, alle Hand in Hand – in einem Bilderrahmen, den Sofie mit allerlei Glitzersteinchen beklebt hat.

Plötzlich wird es unruhig und es stehen zwei mir unbekannte Personen unweit des Grabes, die mit lautem Gebrüll auf sich aufmerksam machen.

Ein glatzköpfiger, etwas untersetzter Mann, steht mit hochrotem Kopf neben einer hochgewachsenen spindeldürren Frau. Die grauen Haare zu einem strengen Dutt nach oben fixiert, sieht sie uns feindselig an.

Beide brüllen gleichzeitig und durcheinander irgendetwas, das ich so einfach nicht verstehen kann. Ich habe keine Ahnung, was sie uns mitteilen wollen.

Mia hat die Situation scheinbar erkannt, denn sie schnappt sich Sofie und geht mit ihr in die entgegengesetzte Richtung, weg vom Geschehen.

Es stellt sich recht schnell heraus, dass es sich bei den beiden Drachen um Klaras Eltern handelt. Sie giften mich an und drohen mir, dass ihre Enkeltochter niemals bei einem wildfremden Mann leben wird.

Ich fühle mich ein wenig verloren, mitten auf dem Friedhof, vor dem Grab einer Frau, mit der ich nur kurz zusammen war, die uns aber für den Rest meines Lebens durch unsere Tochter miteinander verbindet.

Ein älterer Herr tritt von einem der Nachbargräber zu uns herüber und fordert die beiden Furien auf zu gehen.

Als würde ich neben mir selbst stehen, höre ich, wie er zu Klaras Eltern sagt:

„Schämen Sie sich nicht? So ein respektloses Verhalten gegenüber unseren Verstorbenen habe ich bisher nicht erlebt. Wenn ich Sie nicht in zwei Minuten hier verschwinden sehe, werde ich umgehend die Polizei wegen Störung der Totenruhe rufen!"

Wäre ich nicht live dabei gewesen, hätte ich gedacht, jemand würde mir einen Bären aufbinden. Wer bitte macht auf einem Friedhof solch einen Aufstand???

Nele

Mit einem Becher Kaffee, stehe ich am Küchenfenster und sehe, wie sich im Haus gegenüber, vor dem ein Transporter steht, Leute bewegen.

Vermutlich bekommen wir neue Nachbarn. Eine der zwei Wohnungen in diesem Haus wurde in den letzten Wochen renoviert und erst vor einigen Tagen fertig.

Hoffentlich haben wir Glück und es sind etwas jüngere Leute. Die Straße hier ist bisher eher von älteren Menschen bewohnt.

In den letzten Jahren hat man in unserem Ort einen Generationsumschwung bemerkt. Die Älteren ziehen in kleinere Wohnungen und jüngere Familien in die umliegenden Häuser, was vor einigen Jahren noch nicht der Fall war.

Ich seufze und trinke meinen letzten Schluck Kaffee.

Später bin ich mit Tom verabredet. Wir wollen erst zusammen einkaufen und dann hier bei mir gemeinsam kochen. Ich freue mich bereits drauf. Wir bereiten grünes Pesto mit selbstgemachten

Nudeln zu. Mir läuft jetzt schon das Wasser im Mund zusammen, wenn ich an den Geruch von frischem Basilikum, Pinienkernen und Parmesan denke.

Summend gehe ich in mein Zimmer. Ein paar Stunden bleiben mir noch, bevor ich mich duschen und umziehen muss.

Mein Sessel am Fenster schreit schon nach mir. Das Buch, das ich nach Weihnachten angefangen habe, liegt seit Tagen unberührt auf seinem Platz. Höchste Zeit, mich ein wenig darin zu verlieren.

Kurz vor 17 Uhr mache ich mich auf den Weg nach draußen. Tom holt mich gleich ab.

Auf der anderen Straßenseite sehe ich eine junge Frau, die ein kleines Mädchen in ihrem Kindersitz abschnallt und mit ihr zum Haus läuft. Die Kleine sieht mich und winkt.

Ich winke fröhlich zurück und bemerke, dass Toms Wagen bereits um die Ecke in unsere Straße einbiegt.

Als wir eine Stunde später in meiner Küche stehen, haben wir schon so viel gelacht, dass mir der Bauch weh tut. Das gibt sicher Muskelkater.

Ich mustere ihn, während er sich um den Teig für die Nudeln kümmert.

Er ist nur einen Kopf größer als ich. Ich schätze ihn auf 1,80 m mit sehr dunklen, fast schwarzen Haaren. Seine breiten Schultern passen zu seinem sportlichen Körperbau. Er ist nicht übertrieben muskulös, aber doch schon sehr ansehnlich.

Selbst Teig ausrollen erledigt er mit einer Selbstverständlichkeit, die man nicht vortäuschen kann. Er strahlt eine Ruhe aus, die ganz von alleine auf mich übergeht. Vermutlich kommt ihm das in seinem Job mehr als nur gelegen.

Der Blick aus den grau-grünen Augen ist wie immer offen und freundlich .

Auf einmal grinst Tom mich an: „Musterst du mich gerade?"

Seine heute mehr grün als grau schimmernden Augen wirken belustigt und strahlen mich an.

„Äh, ja", gebe ich peinlich berührt zu, entschließe mich dann aber, ehrlich zu bleiben.

„Schauen darf ich, du stehst schließlich in meiner Küche."

Ich schaue ihn fragend an und klimpere übertrieben mit meinen Wimpern.

Tom lacht schallend und stellt sich aufrecht hin. Er streckt die Brust raus, stemmt die Hände in die Hüften und legt ein überhebliches Gesicht auf. Ganz so, als posiere er für ein Werbefoto.

„Ach so, verstehe. Na, dann tu dir keinen Zwang an. Solange du mich nicht rausschmeißt, weil dir auf einmal auffällt, dass ich nicht in deine Küche passe …", meint er achselzuckend und dreht sich lächelnd um.

Ich stupse ihm mit meinem Ellenbogen in die Seite und schüttle den Kopf.

„Du bist ein Spinner, mach mal lieber weiter mit dem Teig, sonst verhungere ich noch. Vom Rumstehen werden wir ja nicht satt".

Es macht Spaß, mit ihm herumzualbern.

Außer mit Lana habe ich lange nicht mehr so ausgelassen gelacht.

Der Abend mit Tom ist gemütlich und das Essen lecker. Die ganze Zeit über haben wir Gesprächsstoff ohne peinlich berührte Momente, in denen niemand etwas zu sagen weiß.

Seine Anwesenheit tut mir gut und ich fühle mich in einer Weise geborgen, die ich noch nicht einordnen kann.

Kurz vor Mitternacht stehe ich mit Tom an der Haustür, um ihn zu verabschieden.

„Vielen Dank für den schönen Abend, Nele. Es war mir ein Vergnügen, mit dir zu kochen und zu essen", sagt Tom und kommt einen Schritt auf mich zu. Er zögert, legt seine Arme um mich und drückt mich kurz an sich.

Ich lasse es zu, genieße den kurzen Moment und fühle in mich hinein.

Es tut gut, es fühlt sich schön an und so bleiben wir einen Augenblick länger als gewöhnlich stehen.

Ja, in seiner Umarmung fühle ich mich geborgen und sicher, aber sie löst nicht dasselbe aus wie bei Leo. Bei Leo habe ich Herzrasen, bei Tom nicht.

„Fahr vorsichtig und melde dich, wenn du angekommen bist. Vielen Dank für den Abend, Tom", sage ich, als ich mich von ihm löse.

Ich winke ihm zu und bemerke, wie eine Person am Fenster der gegenüberliegenden Wohnung steht und sich gerade wegdreht.

Es sieht so aus, als wäre dort also tatsächlich eine Familie eingezogen.

Ich nehme mir vor, morgen früh ein Brot zu backen, das ich mit etwas Salz in einem schönen Korb einpacken und zu ihr bringen werde.

Leo

Wir haben es geschafft. Alle Möbel, die wir gekauft haben, sind nun im Haus und zum Teil bereits aufgebaut. Morgen folgt der Rest.

Das Bett und die Spielsachen von Sofie waren für mich das Wichtigste heute. Ihr Zimmer sollte das erste sein, das fertig wird.

Mia ist schon oben in ihrem Zimmer und schläft.

Ich stelle mich im Wohnzimmer ans Fenster und verliere mich in meinen Gedanken.

Als wir gestern hier ankamen, wurde mir erst bewusst, dass gegenüber das Haus war, in dem Nele früher mit ihrer Oma gewohnt hat. Es scheint verkauft und umgebaut worden zu sein.

Mittlerweile sieht es aus, als bestünde es aus zwei Wohneinheiten. Keine Ahnung, warum mir das nicht früher aufgefallen ist, als meine Mutter uns die Adresse dieser Wohnung gegeben hat.

Früher habe ich Nele häufig zuhause abgeholt, aber den Straßennamen konnte ich mir nie merken. Wenn man den Weg kennt, dann kennt man ihn. Schmunzelnd muss ich an eine spezielle Nacht denken.

Den Weg zu Nele würde ich auch im Schlaf finden, wenn es sein muss. Ich bin ihn schon tausend Mal gelaufen, aber so aufgeregt wie heute war ich noch nie. Letztes Wochenende hat die Clique beschlossen, zu der heutigen Party zu gehen. Eigentlich ist das so überhaupt nicht mein Ding. Aber ich möchte Nele zum Tanzen auffordern. Am liebsten würde ich sie ständig umarmen oder an ihrem Haar riechen. Das geht aber nicht, ohne dass es auffällt oder ich wie ein verliebter Trottel dastehe. Deshalb finde ich tanzen zu gehen eine wundervolle Idee!

Plötzlich wird mir etwas bewusst und reißt mich aus der Erinnerung. Nele hat, wie Sofie ihre Mutter, ihre Eltern auch durch einen Autounfall verloren. Aber nicht nur das ähnelt ihrer Situation.

Auch der Umzug hierher, und das auch noch in greifbare Nähe, ist unfassbar ähnlich. Wieso fällt mir das jetzt erst auf?

Ich vermisse sie. Seit ich sie wiedergesehen habe, wird mir bewusst, wie sehr sie mir in all den Jahren gefehlt hat. Früher waren wir unzertrennlich. Wie konnten wir uns nur so aus den Augen verlieren? Ich schüttle den Kopf. Es ist mir unbegreiflich, denn sie war neben Josh die wichtigste Person in meinem Leben.

Im Haus gegenüber geht die Haustür auf und ein Mann, gefolgt von einer Frau, tritt hinaus.

Ich erstarre und kann den Blick nicht abwenden. Mein Herzschlag setzt einmal aus, um dann in doppelter Geschwindigkeit weiter zu schlagen.

Dort steht sie. Die Frau, deren grüne Augen mir immer wieder im Kopf herumschwirren.

Die letzten Tage war so wenig Zeit, mich mit unserer Begegnung an Silvester zu befassen, aber die Augen haben mich bis in meine Träume verfolgt.

Ich sehe, wie sie in den Armen dieses Mannes liegt und wünschte, ich wäre an seiner Stelle. Mein Herz zieht sich schmerzlichst zusammen bei diesem Anblick.

Am liebsten würde ich rausstürmen und ihn anschreien, dass er sie loslassen soll, und sie in meine Arme schließen.

An Silvester, als ich sie in meine Arme gezogen habe, war mir das überhaupt nicht bewusst.

Jetzt verstehe ich ihren überstürzten Abgang.

Ich knirsche mit den Zähnen und haue mir gedanklich gegen die Stirn.

Natürlich ist sie geflohen. Ich habe sie überrumpelt. Selbstverständlich hat eine Frau wie Nele einen Freund und wollte nicht, dass er falsche Rückschlüsse zieht. Wie dumm ich doch bin.

Ich drehe mich um und entferne mich vom Fenster.

Da morgen ein anstrengender Tag werden wird, sollte ich mich schlafen legen.

Mein Gedankenkarussell dreht sich unentwegt weiter.

Diese Umarmung, ich fühle sie immer noch. Ihren warmen, weichen Körper in meinen Armen. Sie hat sich an mich geschmiegt. War das Einbildung oder ist es nur Wunschdenken?

Sobald ich sie berührt habe, war es wie früher. Unsere Herzen schlugen aufgeregt und trotzdem im Einklang. Sie hat, genau wie ich ihren, meinen Duft eingeatmet. Fühlt sie sich deswegen vielleicht ihrem Freund gegenüber schlecht? Könnte das der Grund für ihre Flucht gewesen sein?

Offensichtlich habe ich mich zum Narren gemacht. Aber ich habe jetzt eine Aufgabe zu erfüllen.

Ich muss ein guter Papa für Sofie sein. Sie braucht mich, um diese traurige Zeit zu überstehen, damit sie wieder glücklicher werden kann.

Mit diesen kontroversen Gedanken schlafe ich schlussendlich dann doch noch ein.

Nele

Was gibt es Schöneres als Ausschlafen?

Ich liebe es, an Sonntagen so lange liegen zu bleiben, bis mich der Kaffeedurst aus dem Bett holt.

Ich strecke meine Arme und stelle mir vor, wie meine bessere Hälfte, wenn ich denn eine hätte, mir einen Kaffee ans Bett bringt. Ich rieche das leckere Röstaroma und die Hafermilch und noch irgendetwas. O ja, ein Croissant, knusprig und lauwarm. Mhh … Und wenn das Tablett leer ist, lege ich mich nochmal hin und genieße es, bei offenem Fenster noch ein wenig zu dösen.

Hach ja …

Mir fällt gerade wieder das Brot ein, das ich heute Morgen backen wollte. Für das Salz brauche ich noch etwas Deko und ein altes Marmeladenglas, damit ich alles hübsch verpacken kann.

Kurz vor Mittag ist das Geschenk vorbereitet und ich mache mich gut gelaunt auf den Weg zu meinen neuen Nachbarn.

An der Haustür zur Wohnung steht noch kein Name auf dem Klingelschild. Das ist auch bei mir nicht das Erste gewesen, um das ich mich damals gekümmert habe. Ich klingele und höre Schritte.

Kurz darauf wird mir die Tür von der Frau, die ich bereits gestern gesehen habe, geöffnet. Das kleine Mädchen versteckt sich hinter ihr. Mit ihren hübschen, großen, blauen Augen linst sie hinter einem Bein der Frau hervor und sieht mich an.

„Hallo, ich bin Nele und wohne gegenüber. Ich habe gesehen, dass ihr gestern hier eingezogen seid. Ich möchte euch herzlich willkommen in der Nachbarschaft heißen und freue mich, wenn ich euch Brot und Salz zum Einstand überreichen darf."

Ich halte ihr meinen Präsentkorb entgegen und lächle sie an.

Sie reicht mir die Hand und zeigt auf das Mädchen.

„Hey, das ist ja total lieb. Danke. Das ist Sofie und ich bin Mia. Guck mal, Sofie, du hast Brot geschenkt bekommen. Und Salz", lächelnd schnuppert sie am Brot.

„Wow, das ist frisch gebacken, man riecht es direkt. Vielen lieben Dank, magst du vielleicht einen Kaffee mit uns trinken?". An Sofie gewandt sagt sie:

„Liebes, holst du mal deinen Papa, dann kannst du ihm den Korb zeigen."

Sofie nickt und läuft los.

„Das ist sehr nett, aber ich wollte euch nicht stören. Ich erinnere mich noch, wie viel Arbeit bei einem Umzug ansteht. Den Kaffee können wir gerne trinken, wenn ihr euch etwas eingelebt habt."

In dem Moment biegt Sofie um die Ecke und mit ihr zusammen ein Mann. Er wischt sich gerade mit einem Tuch übers Gesicht. „Na, dann zeig mir mal, was du …"

Weiter kommt er nicht.

Er hat soeben das Tuch vom Gesicht genommen, sieht mich und erstarrt.

Auch ich erstarre und halte den Atem an. Diese Stimme … ich würde sie unter Tausenden erkennen.

Es vergehen einige Sekunden. Oder sind es Minuten? Ich kann es nicht einordnen.

Mia schaut von Leo zu mir, wieder zurück und ist sichtlich irritiert.

„Äh, also, das ist Nele. Sie hat Brot und Salz gebracht. Nele, das ist Leo. Der Papa von Sofie."

Leo nickt und hebt zögerlich die Hand zu einem Gruß. Ich versuche, etwas zu sagen, aber es kommt nur ein Krächzen aus meinem Mund.

Ich räuspere mich und poltere los:

„Äh, ich muss los, schönen Sonntag noch, bis dann."

Ich drehe mich um und stolpere fast über die Stufe. Gerade so kann ich mich fangen und gehe schnellen Schrittes über die Straße.

Der Typ auf dem Fahrrad motzt lautstark, denn ich habe ihn völlig übersehen. Fast hätte er mich angefahren.

Die ersten Tränen laufen mir stumm die Wangen hinunter. Auf keinen Fall darf irgend-jemand hier draußen sehen, dass ich weine.

Meine Hände zittern energisch. Als ich versuche, die Haustür aufzuschließen, fällt mir der Schlüssel auf den Boden.

Mit dem Pulloverärmel reibe ich mir die Tränen aus den Augen und versuche, das Schloss zu treffen.

Seit wann ist die Öffnung so winzig und der Schlüssel so riesig geworden?

Ich fasse es nicht. Da sehen wir uns jahrelang nicht und dann zieht er ausgerechnet gegenüber ein. Noch dazu mit Frau und Kind.

Was sollte diese kryptische Begegnung an Silvester?

Das war alles andere als ein Wiedersehen unter alten Freunden. Oder hab nur ich das so empfunden? Das war doch keine freundschaftliche Umarmung, sondern so viel mehr.

Das Kribbeln, der Kuss auf den Kopf, die Blicke. Er hat mich kaum loslassen wollen. Wie kann er seiner Frau das antun?

Sie ist so wahnsinnig hübsch. Und seine Tochter erst. Die Kleine sieht aus wie Leo. Die gleichen betörend blauen Augen wie er.

Ich brauche Lana. Ganz dringend, ich muss mit ihr reden.

Lanas sechster Sinn hat sie vermutlich dazu gebracht, sich mit einem Buch und einer Kanne

Kaffee an den Küchentisch zu setzen und auf mich zu warten.

Als sie mich hört, sieht sie in meine Richtung.

„Du siehst aus, als könntest du einen gebrauchen. Extra stark. Was ist los? War die Verabredung mit Tom doch nicht so wie erwartet?"

In diesem Moment wird mir klar, dass mein Herz nicht frei ist für Tom. Die Gefühle für ihn sind die, die ich für gute Freunde habe. So, wie es Leo einst gewesen ist.

Obwohl, das stimmt nicht. Denn Leos Gegenwart führte unweigerlich zu Herzrasen. Jedes verdammte Treffen mit Leo ließ mein Herz stolpern und rasen.

Das ist es, was gestern gefehlt hat. Es gab kein Herzrasen. Ich fühle mich unfassbar wohl mit Tom. Ich mag es, mit ihm zusammen zu sein und Zeit mit ihm zu verbringen. Aber mein Herz schlägt ganz normal weiter.

Wenn ich drüber nachdenke, ihn zu küssen oder gar mehr, dann stellen sich meine Nackenhaare auf. Aber nicht vor Verlangen. Das Bedürfnis ist nicht mal ansatzweise da. Im Gegenteil. Ich kann es mir gar nicht vorstellen, ohne mich total seltsam zu fühlen.

Ich muss Tom reinen Wein einschenken. Die Gefühle für Leo muss ich in den Griff bekommen und verdrängen. Er hat Frau und Kind.

Aber ich kann Tom nicht hinhalten. Es wäre einfach nicht fair.

„Nele?", holt mich Lana aus meinem Gedankenstrudel.

Und dann erzähle ich ihr von den neuen Nachbarn, vom Kochen mit Tom und vom Aufeinandertreffen mit Leo heute Morgen.

„Ist das nicht kompletter Irrsinn? Nachdem er so lange aus meinem Leben verschwunden war, wohnt er jetzt gegenüber? Wie soll ich damit umgehen? Ich habe echt keine Ahnung, wie ich seiner Frau gegenübertreten soll. Was hat er ihr von mir erzählt?"

„Jetzt mach mal halblang. Wusste Leo denn überhaupt, dass du wieder hier wohnst?", fragt sie berechtigterweise.

Immerhin war er die letzten Jahre im Ausland und davor auch nicht hier. Er weiß, dass Oma Grete gestorben ist. Er hat mir damals sein Beileid ausgedrückt. Aber da wir kaum Kontakt hatten, habe ich ihm nicht erzählt, wohin ich nach dem Studium gezogen bin.

„Keine Ahnung, ich bin echt durch den Wind gerade. Ich muss das sacken lassen. Danke fürs Zuhören, Lana. Ich versuche, noch ein bisschen was für nächste Woche vorzubereiten. Vielleicht bringt mich das ein wenig auf andere Gedanken."

„Das war auch mein Plan. Ich koche uns später was Leckeres. Treffen wir uns um 19 Uhr hier?"

Leo

Ich blinzele und schaue Nele hinterher, wie sie stolpert und über die Straße rennt. Gott sei Dank hat der Radfahrer sie rechtzeitig gesehen, sonst wäre noch ein Unglück passiert. Ich wollte schon fast hinterherrennen. Mia räuspert sich und lockt Sofie mit sich ins Wohnzimmer. Sie scheint verstanden zu haben, dass ich einen Moment brauche.

Nachdem ich erfahren habe, dass Nele gegenüber wohnt, war mir klar, dass wir uns über den Weg laufen würden. Aber doch nicht so schnell und nicht so. Warum ist sie schon wieder so kopflos davongerannt? Wird das nun zur Gewohnheit?

Ich schüttle den Kopf, denn jetzt ist keine Zeit mir darüber Gedanken zu machen. Ich muss unbedingt einen klaren Kopf behalten. Es steht einiges auf dem Plan, damit Sofie hierbleiben kann.

Das Sorgerecht für meine Tochter darf nicht in die Hände von Klaras Eltern fallen.

Es bereitet mir Kopfschmerzen, nicht zu wissen, ob in der Richtung irgendetwas zu erwarten ist.

Ich weiß nicht viel über Klaras Vergangenheit. Aber das, was sie mir damals erzählt hat, hat gereicht. Meine Tochter soll in einem Umfeld voller Liebe und Geborgenheit aufwachsen und nicht bei zwei Menschen leben, die kalt und herzlos sind. Wenn ich nur verstehen würde, warum sie das tun. Klara hatte den Kontakt zu ihnen schon lange abgebrochen. Sofie hat ihre Großeltern bisher nie kennengelernt, sondern sie das erste Mal bei der Beerdigung gesehen. Gott sei Dank hat Mia sie vor ihnen abgeschirmt. Nicht auszudenken, was diese kleine Seele alles schon miterleben musste.

Die Szene, die sie dort geboten haben, war wirklich filmreif.

Ich schüttle den Kopf. Die Erinnerung, wie sie mitten auf dem Friedhof rumgebrüllt haben, ist noch zu frisch. Warum denken sie, dass sie weniger wildfremd sind als ich und trotzdem besser geeignet? Seltsame Menschen.

Mir wird kalt und ich bemerke, dass ich immer noch in der offenen Tür stehe. Heute bin ich irgendwie nicht ganz bei mir. Ich sollte die Zeit nutzen und mir einen Anwalt suchen. Falls es wirklich zu einem Sorgerechtsstreit kommt, muss ich vorbereitet sein.

Nach dem Frühstück verlassen Sofie und Mia die Wohnung. Sie wollen nach einem Spielplatz Ausschau halten, während ich mich online auf die

Suche nach einem Anwalt machen werde, der sich auf Familienrecht spezialisiert hat.

Meine Suche wird belohnt. Ich habe jemanden gefunden, der relativ neu in der Gegend zu sein scheint, aber viele gute Bewertungen erhalten hat. Ich werde mich morgen bei ihm melden.

Leo

Der Wecker klingelt und ich möchte ihn verfluchen. Nachdem ich gestern nicht einschlafen konnte, bin ich heute dementsprechend müde. Am liebsten würde ich mir die Decke über den Kopf ziehen und weiterschlafen.

Nele ist mein ständiger Begleiter, zumindest in meinem Kopf. Ich kann nicht vergessen, wie sie mich an Silvester angesehen hat. Und dann gestern. Sie sah so geschockt aus, mich zu sehen. Sie weiß nichts von meiner Tochter, aber das kann doch nicht der Grund gewesen sein.

Nele mochte Kinder schon immer. Sie ist nicht umsonst Erzieherin.

Mein Entschluss steht fest, ich muss das Gespräch mit ihr suchen.

Dass sie in einer Beziehung ist, ist mir mittlerweile klar, aber wir waren mal richtig gute Freunde.

Da läuft man nicht voreinander weg. Jetzt, wo wir auch noch Nachbarn sind, sollten wir zumindest eine Basis finden, in der wir normal miteinander umgehen können.

Ich sollte ihr direkt eine Nachricht schreiben. Dann kann sie nicht weglaufen und hat Zeit, sich damit auseinanderzusetzen.

Hey Nele, unsere letzten beiden zufälligen Treffen sind leider nicht so super gelaufen. Wir waren doch mal Freunde und jetzt sind wir auch noch Nachbarn. Ich hoffe, wir können irgendwie wieder einen normalen Umgang miteinander finden. Ich würde es mir wünschen. Was sagst du dazu? Leo

Hm … Na ja, nicht so der Hit, aber immerhin ein Anfang. Ich drücke auf „senden" und springe aus dem Bett. Mal sehen, ob meine Kleine schon wach ist.

Ich finde Mia und Sofie in der Küche, in der sie das Frühstück vorbereiten.

„Hier kommt das Kitzelmonster", rufe ich gespielt laut und ziehe das Wort in die Länge, um es schrecklicher klingen zu lassen. Währenddessen gehe ich mit großen, trägen Schritten auf sie zu.

Sofie lacht und läuft vor mir davon. Wir laufen im Kreis um die Kücheninsel und ich tue so, als würde ich sie nicht einfangen können.

„Neeeein … Monsta". Lachend rennt Sofie los und rudert wild mit ihren Ärmchen um sich.

Sie so fröhlich zu sehen, stimmt mich hoffnungsvoll. Abends vor dem Einschlafen ist sie immer sehr traurig. Im Schlaf weint sie und wacht oft auf.

Sofie war es gewohnt, mit ihrer Mama zusammen im Bett zu schlafen. Wer mag schon alleine schlafen, wenn er nicht muss? Aber weder Mia noch ich sind derzeit für sie ein Ersatz.

Ihre Trauerpuppe hilft ihr aber scheinbar ein wenig. Sie kuschelt sich ganz eng an sie, während Mia oder ich sie in den Schlaf streicheln.

Wir haben eine Luftmatratze neben ihr Bett gelegt, damit sie nicht alleine im Zimmer schlafen muss. Abends entscheidet sie, wer dort schlafen soll.

„So, das Kitzelmonster hat schrecklichen Hunger. Was hast du mir denn zum Frühstück vorbereitet, Sofie?", frage ich sie, um das Spiel zu unterbrechen, bevor es zu wild wird.

Sofie grinst und sagt vor sich hinhüpfend: „Müsli Obst."

„Na dann mal los. Das hört sich lecker an, vielen Dank."

Nach dem Frühstück rufe ich den Anwalt an, der mir direkt einen Termin für heute gegeben hat. Um 17.30 Uhr kann ich mich das erste Mal mit ihm in seinem Büro treffen.

Das passt mir gut, denn so kann ich vorher noch zu Josh fahren. Schließlich haben wir Pläne und müssen unsere Arbeit fortsetzen.

Mein kleiner Bruder wartet bereits, als ich gegen 11 Uhr bei ihm auftauche.

Ich freue mich darauf, ihn ein paar Stunden alleine zu treffen. Seit Sofie in mein Leben gepoltert ist, geht es sehr turbulent zu.

„Hey Mann, schön, dich zu sehen. Wie geht es dir? Was macht meine zuckersüße Nichte?"

Er grinst über das ganze Gesicht und man sieht ihm an, dass er sie bereits genau so ins Herz geschlossen hat wie ich.

Es tut gut zu wissen, dass meine Familie hinter mir steht. Denn für mich ist die ganze Situation immer noch surreal.

Seit Wochen funktioniere ich und organisiere alles Mögliche.

„Puh, ehrlich? *Verwirrt* ist vermutlich das richtige Wort für meinen Zustand. Ich bin froh, hier zu sein. Das sind die ersten Minuten ohne Sofie oder Mia oder beide. Wenn ich abends ins Bett gehe, bin ich entweder völlig kaputt oder die Gedanken kreisen. Zeit zum Reflektieren blieb bisher einfach keine."

„Das kann ich gut verstehen. Nimm dir bewusst Zeit für dich. Es ist wichtig, dass es dir gut geht. Du kannst mich gerne wieder beim Joggen oder ins Fitnessstudio begleiten. " Die Idee ist nicht schlecht. Ich bin froh über jede Möglichkeit, den Kopf zumindest etwas frei zu bekommen.

„Habt ihr mal darüber nachgedacht, Sofie im Kindergarten anzumelden?"

Josh schaut mich besorgt an.

„Noch mehr neue Menschen? Ist das nicht etwas früh?", gebe ich zu bedenken.

„Na ja, ich meinte damit ja weder, dass ihr sie da alleine hinlasst noch, dass sie da die ganze Zeit bleiben muss. Aber vielleicht ein paar Stunden. Sie kann dort Freunde finden und spielen. Soziale Kontakte, die ihr bei der Verarbeitung ihrer Trauer helfen. Sofie sollte glücklich sein. Lachen, spielen und mit Gleichaltrigen rumalbern."

So habe ich das noch nie betrachtet. Ich habe immer nur gedacht, dass Eltern ihre Kinder dorthin bringen, weil sie arbeiten müssen und ihre Kleinen gut betreut wissen.

Die positiven Aspekte für Kinder habe ich außer Acht gelassen.

Mir ist klar, dass sie dort Spaß haben, aber ob sie eventuell gar nicht wegen der Eltern dort sind, sondern wegen ihrer selbst, ist eine neue Herangehensweise für mich.

„Ich werde mich mal informieren." Ich klopfe Josh auf die Schulter und ziehe ihn in eine Umarmung.

„Danke."

„Dafür sind kleine Brüder doch da, nicht? Ich übernehme das für dich, wenn du magst. Ich fahre hin und nehme alle Infos, die ich bekommen kann. Damit hast du erstmal eine Aufgabe weniger."

Dankbar nicke ich ihm zu und widme mich dann meiner Arbeit.

Die Stunden im Büro vergehen wie im Flug. Es hat Spaß gemacht, mal wieder etwas anderes zu machen. Doch jetzt wird es Zeit, mich auf den Weg zum Anwalt zu machen.

Kurz vor meinem Termin sitze ich im Vorzimmer und warte.

Als sich die Tür, hinter der ich das Büro des Anwalts vermute, öffnet, bin ich erstmal verwundert. Ich hatte mir einen etwas älteren Mann im Anzug und Krawatte vorgestellt. Aber vor mir steht ein Typ, etwa in meinem Alter mit lustigem Hoodie und Jeans. Seine Haare sind verwuschelt und er wirkt nicht streng, sondern eher kumpelhaft.

Er kommt auf mich zu und streckt mir die Hand entgegen: „Schneider, guten Abend. Herr Sonntag, nehme ich an?"

Das Gespräch läuft gut. Wir sind ziemlich schnell zum „Du" übergegangen, weil es zwischen uns gepasst hat.

Tom versichert mir, dass meine Chancen gut stehen, sollte es zu einem Streit kommen. Er meinte auch, dass wir unbedingt den Brief von Klara abwarten sollen. Dieser wird nochmal entscheiden, wie es weitergehen könnte.

„So, Leo, sollte noch irgendetwas sein, melde dich einfach. Ich muss diesen Termin nun leider beenden. Wobei *leider* in diesem Fall nicht passt. Meine bezaubernde Verabredung wartet sicher schon."

„Da ich unseren Termin überzogen habe, nehme ich die Schuld selbstverständlich auf mich, sollte es zum Thema werden."

Lachend gehen wir zur Tür.

Nele

An diesem Montag wache ich mit neuem Elan auf. Mein Plan steht. Ich muss mit Tom sprechen. Er ist so ein unglaublich lieber und netter Mensch, aber es reicht einfach nicht für mehr als Freundschaft. Aber was will er?

Bevor ich ins Bad gehe, hebe ich mein Smartphone an und bemerke eine Nachricht. Sofort glühen meine Wangen und mein Herz hüpft wie verrückt. Ich tippe sie an und lese:

Hey Nele, unsere letzten beiden zufälligen Treffen sind leider nicht so super gelaufen. Wir waren doch mal Freunde und jetzt sind wir auch noch Nachbarn. Ich hoffe, wir können irgendwie wieder einen normalen Umgang miteinander finden. Ich würde es mir wünschen. Was sagst du dazu? Leo

Zack, auf dem Boden der Tatsachen angekommen. Was habe ich auch erwartet? Dass er mir seine Liebe gesteht, wir in den Sonnenuntergang reiten und uns lieben, bis dass der Tod uns scheidet?

„Ach, Nele", schimpfe ich mit mir selbst, „du bist so bescheuert. Er hat Frau und Kind, was soll er da mit dir?"

Wütend stapfe ich ins Bad. Das war's mit meinem Elan.

Nach dem Duschen schreibe ich Tom statt Leo.

Hey Tom, hast du heute Abend schon was vor? Ich würde mich freuen, wenn wir uns treffen und was essen gehen. Hast du Lust dazu? Nele

Ich schmeiße das Handy aufs Bett und suche meine Kleidung heraus. Da wir heute in den Wald gehen, brauche ich etwas Wasserabweisendes und Warmes. Thermoleggins, gefütterte Softshellhose, Hoodie, dicke Socken, dazu meine Winterstiefel, Wintermantel, Mütze, Schal und Handschuhe. Ja, alles soweit bereit. Fehlt nur die Thermosflasche mit heißem Tee, dann kann's auch schon losgehen.

Während ich das Heißgetränk zubereite, piept mein Handy.

Guten Morgen Nele, ich würde sehr gerne mit dir essen gehen. Hast du Lust, zur Kanzlei zu kommen? Dann gehen wir von dort aus los. Ich habe dann noch einen Termin, versuche aber, gegen 18.30 Uhr fertig zu sein. Bis später, ich freu mich. Tom

Am späten Nachmittag bin ich froh, eine Badewanne zu besitzen. Nach einem Wintertag im

Wald gibt es nichts Besseres als ein schönes heißes Bad.

Von mir bis zur Kanzlei sind es nur 15 Minuten mit dem Auto, so dass ich genügend Zeit habe, um es zu genießen und mich danach in Ruhe fertigzumachen.

Pünktlich um 18.30 Uhr stehe ich vor dem Eingang zur Kanzlei. Als ich die Tür öffne, bin ich mehr als überrascht. Der Vorraum ist hell und hat bodentiefe Fenster mit vielen hohen grünen Pflanzen davor. Die Stühle sind bunt und sehen gemütlich aus. Ich mache es mir mit dem E-Book-Reader bequem. Von meinem Platz aus habe ich den besten Blick auf die Tür, die vermutlich zu Toms Büro führt.

Da er noch einen Mandanten zu haben scheint, warte ich.

Kurz vor 19 Uhr höre ich Schritte und Stimmen, die sich der Tür zum Vorzimmer nähern.

Als ich dabei bin, meinen E-Book-Reader einzupacken, geht die Tür auf.

Ich höre zwei Männer lachen.

Tom kommt als Erster heraus und streckt dem Mann hinter sich die Hand entgegen.

Noch während der andere sich verabschiedet, tritt er an Tom vorbei. Das Herz rutscht mir in die Hose und mir entgleiten sämtliche Gesichtszüge..

Verfolgt er mich jetzt? Was macht Leo hier?

Er erstarrt in seiner Bewegung und sieht mich an.

Tom sieht zwischen ihm und mir hin und her, bleibt aber stumm.

Sekunden vergehen und keiner sagt oder tut irgendetwas.

Plötzlich kommt Leben in Leo. Er sieht zu Tom, entzieht ihm seine Hand, nickt kurz zum Abschied und geht schnellen Schrittes hinaus.

Ich stehe immer noch an derselben Stelle, mein Blick auf die Ausgangstür gerichtet, und blinzle verwirrt.

„Nele? Alles klar bei dir?", räuspert sich Tom.

„Äh, ja, natürlich. Ich bin gerade nur etwas … Keine Ahnung, ich bin verwirrt. Was wollte Leo denn bei dir?"

„Ich habe mir bereits gedacht, dass ihr euch kennt, aber ich kann dir nicht sagen, warum er hier ist. Das darf ich einfach nicht, tut mir leid."

„Ach so, klar, wie dumm von mir. Da war ja was mit Berufsgeheimnis oder so."

„Ja, so ungefähr. Wollen wir los? Geht's dir gut?"

„Ja, lass uns gehen."

Tom sieht mich unverwandt an, sagt aber nichts weiter dazu.

Mir wird schlecht, wenn ich daran denke, in welcher Situation ich mich gerade befinde.

Einerseits warte ich auf meine Verabredung, die nichts von meinen Gefühlen zu einem anderen Mann weiß, und vielleicht darauf hofft, dass aus uns mehr wird. Andererseits stehen plötzlich beide zusammen vor mir. Um es noch zu toppen, erstarre ich, sage kein Wort und einer der beiden rennt davon.

Super Nele, grandios.

Den Weg zum Restaurant legen wir weiter schweigend zurück. Meine Gedanken schweifen andauernd ab und ich habe keine Ahnung, wie ich das Gespräch beginnen soll. Nervös spiele ich mit meinen Händen.

Es ist einfach nicht zu glauben, dass Leo und ich uns andauernd und überall über den Weg laufen.

Wie soll ich da einen klaren Gedanken fassen und nicht ständig an ihn denken?

Was wollte er in der Kanzlei und warum ausgerechnet bei ihm? Kennen sie sich schon länger?

Bisher haben Tom und ich nicht viel über seine Herkunft gesprochen. Vielleicht kennen sie sich zufällig von der Uni?

„Sag mal, bist du mit Leo befreundet?", frage ich zögerlich und fühle mich gleichzeitig total schlecht.

„Nein, bisher nicht, wir haben uns heute erst kennengelernt. Er ist als Mandant zu mir gekommen. Aber die Sympathie stimmte und wir sind recht schnell zum *du* übergegangen. Da ich noch nicht so lange hier lebe, ist es schön, Menschen kennenzulernen, mit denen ich lachen kann oder etwas gemeinsam habe."

O je, Tom antwortet auch noch ausführlich auf meine dämliche Frage nach einem anderen Mann.

„Ah, okay. Verstehe", gebe ich knapp zurück.

Mittlerweile ist das Auto geparkt und wir laufen gemeinsam zum Eingang.

Tom öffnet die Tür und lässt mir den Vortritt.

Er spricht kurz mit der Dame vom Empfang, die uns anschließend zu einem Tisch bringt.

Das Restaurant sieht vielversprechend aus. Es gibt viele kleine Nischen, die jeweils mit ein paar großen Pflanzen voneinander getrennt sind. Sie geben einem das Gefühl, für sich zu sein. Trotzdem konnte ich einen Blick auf die Teller der Nachbartische erhaschen. In Verbindung mit dem verführerischen Geruch verspricht es, sehr lecker zu sein.

Ich versuche, Worte zu finden, um ein Gespräch in Gang zu setzen, aber irgendwie schaffe ich es einfach nicht, mein Gehirn dazu zu bringen, vernünftig anzufangen.

Zum Glück kommt ein Kellner an den Tisch und nimmt unsere Getränkebestellung entgegen.

„Möchtest du ein Glas Wein mit mir trinken?"

Das ist eine hervorragende Idee, um meinem Hirn auf die Sprünge zu helfen. Ich nicke.

„Ja, sehr gerne, ich würde einen Glas Weißwein nehmen. Danke."

Tom bestellt für uns beide ein Glas Wein und eine große Flasche Wasser.

Der Kellner bedankt sich und reicht uns die Speisekarten.

Ich lasse meinen Blick noch einmal herumschweifen in der Hoffnung, so die richtigen Worte zu finden. Tief durchatmend sehe ich ihn an.

„Tom, es tut mir leid, ich … also, wo soll ich anfangen? Es ist so, dass … also … äh, ich bin gerade wirklich völlig durcheinander. Ich brauche einen Moment." Mir bricht der Schweiß aus und ich bin froh, in diesem Moment unseren Kellner auf uns zusteuern zu sehen. Wenige Sekunden später stellt er die bestellten Getränke vor uns ab.

Wow, das ging verdammt schnell.

Hastig setze ich das Weinglas an und verschütte dabei den ersten Tropfen auf meiner Bluse.

Tom sieht mich schmunzelnd an und nimmt ebenfalls einen Schluck.

Mit der Serviette vom Tisch tupfe ich den Fleck ein wenig trocken.

Warum findet er das witzig? Lacht er über mich oder was ist so lustig?

Jetzt bin ich noch verwirrter, als ich es ohnehin schon bin. Er sitzt völlig entspannt auf seinem Stuhl, den Rücken angelehnt und beide Arme offen vor sich auf dem Tisch.

„Äh …", ich räuspere mich und weiß nicht, was ich sagen soll. Sein Grinsen bringt mich aus dem Konzept. Mein Puls erhöht sich und ich spüre, wie meine Wangen sich mit Blut füllen. Meine Verwirrtheit verwandelt sich schlagartig in Wut, ohne dass ich genau sagen kann, warum.

„Was ist denn so lustig?" Meine Frage ist eher ein Krächzen.

„Ach, nichts weiter. Du scheinst Durst zu haben." Sein Grinsen wird breiter.

Irgendwie fühle ich mich gerade veräppelt. Was soll das denn? Habe ich mich in Tom so geirrt? Sicher, wir lachen immer viel zusammen und sein Humor ist meinem meistens sehr ähnlich. Aber heute ist irgendetwas anders.

„Äh, du denkst jetzt aber nicht, dass ich Alkoholikerin bin?"

Er sieht mich entsetzt an.

„Was? Wie kommst du denn darauf? Nein!"

„Keine Ahnung, du grinst die ganze Zeit, ich habe das Gefühl, den Witz verpasst zu haben."

„Nicht doch. Ich lache nicht über dich, sondern mit dir. Das weißt du doch."

Wieder biegen sich seine Mundwinkel zu einem Grinsen nach oben.

Entgeistert blicke ich ihm ins Gesicht.

„Ich lache doch aber gar nicht. Mir ist nicht nach Lachen. Ehrlich gesagt wollte ich etwas mit dir besprechen, aber gerade bin ich mir nicht sicher, ob ich nicht besser nach Hause gehen soll."

Ich schiebe meinen Stuhl ein Stück zurück und ziehe die Handtasche von der Stuhllehne. Bereits mitten in der Bewegung des Aufrichtens spüre ich Toms warme Hand auf meiner. Sanft drückt er zu.

„Nele, warte … bitte". Seine Stimme ist liebevoll und er spricht leise weiter.

„Ich schätze dich sehr, es tut mir leid, wenn ich dir eben einen anderen Eindruck vermittelt habe. Das war nicht meine Absicht. Ich glaube zu wissen, was los ist und was du versuchst, mir zu sagen."

Während er spricht, werden meine Augen größer und ich setze mich wieder hin. Den Versuch, etwas zu erwidern, unterbricht er, indem er den Druck auf meine Hand ein wenig erhöht.

„Wir kennen uns noch nicht lange, aber ich habe eine recht gute Menschenkenntnis. Das ist in meinem Job auch nicht unerheblich. Weißt du, Nele, ich mag dich. Du bist eine unglaublich liebe Person und versuchst, niemanden zu verletzen. Dein *Problem*, das du gerade glaubst zu haben, ist eigentlich keins."

Sein Blick ruht auf mir. In seinen Augen sind weder Wut noch Ärger zu erkennen.

Er lässt mir einen Augenblick Zeit, das Gesagte sacken zu lassen.

Ich schlucke und sehe ihn an. Mein schlechtes Gewissen bringt mich zum Schwitzen. Ich weiß nicht, was ich sagen soll. Selbst wenn er meint, mein Problem sei keins, bin ich nicht sicher, ob er überhaupt ahnen kann, was meins denn nun tatsächlich ist.

Ich rutsche unruhig auf meinem Stuhl hin und her und suche immer noch nach den richtigen Worten für meine Erklärung.

„Du brauchst kein schlechtes Gewissen zu haben", fährt er fort und ich frage mich, ob er jetzt auch schon Gedanken lesen kann.

„Du hast keine romantischen Gefühle für mich, ich vermute aber, die hast du für Leo. So verschreckt, wie du im ersten Augenblick ausgesehen hast, als er neben mir stand, so hat sich dein Blick ganz schnell gewandelt."

Nun ist es endgültig vorbei mit meiner Ruhe. Mir bleibt der Mund offen stehen, obwohl ich bisher immer noch nichts gesagt habe.

„Ich versichere dir, ich mag dich sehr, aber als meine wunderbare neue platonische Freundin. Es ist toll, Zeit mit dir zu verbringen, rumzualbern, zu kochen oder Kuchen zu essen – als Freunde."

Tom sieht mich offen an und nimmt nun meine beiden Hände in seine.

„Ich hoffe, ich habe jetzt nichts Falsches gesagt. Ich habe die Zeit mit dir unheimlich genossen. Aber ich merke, dass meine Gefühle dir gegenüber ganz andere sind als die, die zu einer Beziehung führen. Ich liebe es, mit dir zu lachen, ich fühle mich dir sehr nahe und ich möchte dich auf keinen Fall missen. Aber ich glaube, es ist an der Zeit, dass wir offen darüber sprechen, wie wir zueinander stehen – ohne schlechtes Gewissen."

Tom grinst mich schelmisch an.

„So etwas in der Art ist es doch, was du mir sagen wolltest oder etwa nicht?"

Mir fällt ein Stein vom Herzen und ich drücke seine Hände, die meine immer noch umgreifen.

„O Mann, Tom." Die Tränen, die mir schon vor wenigen Minuten in die Augen schossen, fließen nun ungehindert über meine Wangen.

„Es tut mir leid, wie das heute gelaufen ist. So sollte es nicht sein. Ich wollte erst mit dir sprechen.

Das war der Grund für meine Bitte, dass wir uns heute treffen. Dass es in so eine Katastrophe ausartet, habe ich nicht erwartet."

In den unendlichen Weiten meiner Handtasche suche ich nach einem Taschentuch. Als ich endlich fündig werde, tupfe ich mir die Tränen weg.

„Danke, dass du so ehrlich warst. Du glaubst nicht, wie erleichtert ich bin. Ich hab dich in der letzten Zeit so ins Herz geschlossen, ich mag dich total gerne und möchte unbedingt weiter Zeit mit dir verbringen. Ich hatte Angst, deine Gefühle mir gegenüber könnten anders sein und wir würde uns aus den Augen verlieren. Aber du hast recht. Mein Herz ist nicht frei. Das war mir allerdings nicht klar, als wir uns kennengelernt haben. Das musst du mir glauben."

„Nein, heute ist der Anfang von etwas wunderbarem Neuen. Ich bin sehr froh, dass wir uns kennengelernt haben. Nicht nur das, denn ich bin auch sehr neugierig. Dein Herz gehört Leo, habe ich recht?"

Ich nicke. „Ja."

Und dann ist alles ganz leicht.

Ich erzähle ihm, woher Leo und ich uns kennen, und von unserem unerwarteten Wiedersehen an Silvester.

Am Anfang fühlt es sich seltsam an, gerade ihm davon zu erzählen, doch recht schnell stellt sich eine freundschaftliche Vertrautheit ein.

Wir stoßen auf unsere neue Freundschaft an, ich erzähle ihm von meiner besten Freundin Lana, und warum ausgerechnet wir beide zusammenwohnen, und von meinem Job, den ich über alles liebe.

Der Abend verläuft besser als erwartet und ich bin überglücklich, Tom nicht verletzt zu haben.

Leo

Mitten in Toms Bürotür stehend starre ich sie an und halte immer noch seine Hand.

Das Puzzle in meinem Kopf beginnt, sich zusammenzusetzen.

Die Beobachtung am Fenster – Nele und der Typ, den sie umarmt hat. Das war Tom.

Er hat gesagt, seine bezaubernde Verabredung würde sicher schon warten. Natürlich ist Nele gemeint, sie ist bezaubernd.

Nele und Tom. Plötzlich fühle ich mich völlig fehl am Platz. Ich entziehe Tom meine Hand, nicke zum Abschied und verlasse, so schnell ich kann, die Kanzlei.

Vor der Tür bleibe ich mit rasendem Puls stehen und atme erstmal tief durch. Schon wieder eine Begegnung, die schlagartig endet. Diesmal war ich es, der einfach abgehauen ist.

Na toll.

Jetzt sind wir nicht nur Nachbarn, sondern ihr Freund ist mein Anwalt. Und als wäre das nicht genug, mag ich den Kerl auch noch. Ich schüttle den Kopf.

Er scheint sehr gut in seinem Job zu sein, denn ich fühle mich bei ihm sehr gut aufgehoben.

Wir haben uns nicht nur über mein Problem unterhalten, sondern sind recht schnell auf private Themen zu sprechen gekommen.

Tom ist neu in der Stadt und ich habe ihm angeboten, mit Josh und mir ein Bier trinken zu gehen. Schließlich sind auch Josh und ich erst kürzlich wieder hergezogen. Es schadet nicht, neue Freundschaften zu schließen. Aber kann ich das mit dem Wissen, dass er und meine beste Freundin ein Paar sind? Wo habe ich mich da bloß reingeritten?

Es wird Zeit, meinem Bruder endlich von der Begegnung und dem Dilemma mit Nele zu erzählen. Schnell zücke ich mein Handy und rufe ihn an. Es klingelt nur kurz, bevor er rangeht.

„Hey Brüderchen, vermisst du mich schon? Sind doch erst ein paar Stunden vergangen", begrüßt Josh mich fröhlich.

„So in etwa. Hast du Zeit für ein Bier? Ich brauche jemanden zum Reden."

„Sicher, gib mir 20 Minuten. Treffen wir uns bei Joe im Anker?"

Ich liebe es, dass er nicht lange fackelt, sondern reagiert und handelt.

„Joes Anker" gab es schon, als wir noch mit der Clique zu Fuß oder mit dem Rad unterwegs waren.

Wir fuhren nach der Schule immer durch die Gegend und haben entweder im Nachbarort auf dem Basketballplatz gehockt und oder sind zu Joe, um eine Cola zu trinken. Gut, aus der Cola wurde später auch das ein oder andere Bier und der Basketballplatz war eine betonierte Fläche mit einem Ring an einer Metallscheibe.

Nichts Besonderes, aber uns hat es gereicht. Wir hatten Spaß. Damals war auch Nele dabei.

Meistens saßen wir etwas abseits und haben uns unterhalten. Ich war nie der große Draufgänger, sondern eher schüchtern und hielt mich lieber im Hintergrund. Josh war mehr der Quirlige von uns beiden. So fiel es weniger auf, wenn ich mich raushielt.

Es brauchte lediglich ein Nicken oder ein Brummen bei Entscheidungsfragen. Josh zog mich immer mit und das, obwohl ja eigentlich ich der Ältere bin.

„Leo, bist du noch dran?" Josh wartet immer noch auf eine Antwort.

„Ja klar, passt. Ich bestelle dann schon mal, bin schon fast da."

„Falls Joe noch Sandwiches hat, nehme ich davon auch eins. Ich habe Hunger und noch nichts gegessen. Bis gleich."

Eine halbe Stunde später sitzen Josh und ich an einem Tisch, vor uns jeweils eine Portion Chili con Carne und ein Bier.

Das Sandwich hat Josh nicht gereicht. Seiner Meinung nach wird ein Mann wie er davon nicht satt. Stattdessen überredet er mich dazu, etwas *Ordentliches* zu essen – wie er es nennt.

„Dann leg mal los, was bewegt dich? Geht es um die Sache mit dem Sorgerecht?", schmatzt Josh mit vollem Mund.

Ich lege den Löffel neben meinen Teller und denke einen Augenblick nach. Wo soll ich anfangen?

Eigentlich liegt es auf der Hand. Ich muss bei der Begegnung an Silvester anfangen. Schließlich habe ich ihm davon bisher nichts erzählt.

Ich schüttle den Kopf.

„Es geht um Nele. Du erinnerst dich?"

Die Frage ist eigentlich überflüssig, denn sie war ja früher immer dabei. Aber, wie ich, hat auch er sie die letzten Jahre nicht gesehen. Zumindest nicht, dass ich wüsste.

„Wenn du unsere Nele meinst, tue ich das selbstverständlich. Sie war wie eine Schwester für mich und ihr wart wie Pech und Schwefel. Ich dachte immer, ihr würdet irgendwann heiraten und viele kleine Babys machen."

Er macht einen Kussmund und wackelt mit den Augenbrauen.

Nun muss ich lachen und schüttle dabei amüsiert den Kopf.

„Du bist echt einfach nur bekloppt. Eigentlich sollte ich dich jetzt verkloppen, statt dich um Rat zu fragen und dir meine Geschichte zu erzählen. Aber ich habe ja nur einen Bruder. Damit muss ich mich wohl abfinden."

Ich löffle ein bisschen von meinem Chili und warte auf seine Reaktion.

„Ja, du hast es noch nie leicht mit mir gehabt, wirklich bedauernswert. Aber warte mal kurz, bevor du loslegst. Ich war nämlich heute Nachmittag schon im Kindergarten, um mich zu informieren."

Gespannt lehne ich mich zurück, denn das könnte durchaus wichtig sein.

„Alter, ich verspreche dir, ich werde Sofie höchstpersönlich jeden Tag hin- und zurückbringen, wenn du magst." Er wackelt schon wieder mit den Augenbrauen und ich ahne Fürchterliches.

Mein Bruder ist ein Charmeur, wie er im Buche steht.

„Eine sehr nette, unglaublich hübsche, blonde Frau mit den strahlensten, braunen Augen, die ich je gesehen habe, hat mich sehr intensiv beraten."

Seine überschwängliche Beschreibung des Mädchens und die wild wackelnden Augenbrauen bringen mich zum Lachen, obwohl ich eigentlich völlig durch den Wind bin.

„Ach Josh, hast du dich mal wieder Hals über Kopf verliebt?"

Schmunzelnd löfffle ich mein fast schon kaltes Chili.

Josh scheint es als Aufforderung zu sehen und isst weiter, ohne auf meine Frage zu antworten.

Reden können wir auch danach. Nicht, dass noch einer von uns verhungern muss.

Nachdem das Chili verputzt ist, erzählt mir Josh, was er im Kindergarten in Erfahrung gebracht hat und beim dritten Bier kennt er dann auch mein gesamtes Dilemma.

„Ich wusste immer, dass du in Nele verliebt warst. Es war nicht zu übersehen. Du hast bloß nie etwas gesagt. Im Gegenteil: Du hast es immer abgestritten und soweit ich mich erinnere, lief auch nie etwas, oder?"

Sein Blick wirkt traurig – vermutlich, weil ich es ihm wirklich nie gesagt habe. Aber Josh war schon immer schnell mit seinen Gefühlen. Wobei ich denke, dass er noch nie so wirklich verliebt war. Er ist schnell verzaubert, aber tiefe Gefühle waren das nie.

Wenn ich so darüber nachdenke, dann hatte ich bisher nie solche Gefühle außer bei Nele. Früher war ich viel zu schüchtern und habe mich einfach nicht getraut, sie darauf anzusprechen. Ich wollte die Freundschaft zu ihr nicht riskieren. Sie war meine Seelenverwandte. Mit ihr war alles so leicht und so bunt. Wenn ich mit meiner Familie im Urlaub war, hat immer etwas gefehlt. Ich wollte ihr erzählen, was ich gerade erlebe, was wir den ganzen Tag am Strand gemacht haben. Besser noch wäre es gewesen, wenn sie die Tage am Strand miterlebt hätte. Es war anders als mit Josh.

Wenn er nicht da gewesen wäre, hätte mir auch etwas gefehlt. Aber er bewohnt einen ganz anderen Teil meines Herzens als sie.

Geschwisterliebe kann man damit einfach absolut nicht vergleichen. Das steht nicht in Konkurrenz zueinander.

Mit Josh und Nele war ich komplett.

Fehlte damals einer, dann war es nicht das Gleiche.

Wie konnten wir uns eigentlich so aus den Augen verlieren? Wenn ich überlege, wie schlagartig sie wieder präsent in meinem Kopf ist, seit wir uns wiedergesehen haben, dann verstehe ich nicht, wie das vorher ohne sie ging.

Bevor ich weiter darüber nachdenken kann, wedelt Josh mit einer Hand vor meinen Augen herum.

„O Mann, du bist ja wirklich völlig durch den Wind. Willst du jetzt reden oder lieber vor dich hinträumen?"

„Ich musste nur an früher denken. Es stimmt, ich mochte sie schon damals. Aber wir waren nur Freunde. Beste Freunde, bis ich zur Uni gegangen bin."

„Und wie sah sie das?" Diese Frage versetzt mich schlagartig wieder in die Vergangenheit.

Wir sind mal wieder mit der Clique am Basketballplatz. Auf dem Feld daneben wachsen Wildblumen in allen möglichen Farben. Wir haben uns abgesetzt von den anderen, die mal wieder lautstark rumalbern.

Nele hüpft in ihrem gelben Sommerkleid über die Wiese und dreht sich im Kreis. Dieses Kleid, hat sie zu ihrem 16. Geburtstag vor drei Wochen geschenkt bekommen.

Sie sieht so hübsch darin aus. Ich kann die Augen nicht von ihr abwenden und wünschte mir, ich könnte sie einfach zu mir ziehen und küssen. Aber an sowas darf ich gar nicht denken. Wir sind nur beste Freunde. Das würde alles kaputt machen.

Nele lässt sich mitten im Feld im Schneidersitz nieder und klopft mit der Hand neben sich, damit ich mich hinsetze.

„Danke, dass du mitkommst, Leo. Mir war es ein wenig zu laut. Hier ist es so schön ruhig und bunt."

„Natürlich komme ich mit, wir sind doch Freunde."

Sie strahlt und nickt: „Du bist mein bester Freund."

Ja, und beste Freunde küssen sich nun mal nicht.

„Wie soll sie es wohl gesehen haben? Sie hat mich als ihren besten Freund betitelt. So, wie es nun mal war."

„Weißt du, Leo, ich bin mir da nicht so sicher. Vielleicht hattet ihr beide einfach nur Angst. Klar ändert sich etwas, wenn aus Freundschaft mehr wird. Aber wenn man das Risiko nicht eingeht, hat man auch keine Chance auf einen Gewinn. Bist du sicher, dass sie mit diesem Tom zusammen ist?"

„Für mich sah es so aus, ja. Und selbst wenn nicht. Sie verabreden und umarmen sich. Was denkst du, was das bedeutet?"

„Ihr habt euch damals auch umarmt und verabredet. Was hatte das deiner Meinung nach zu bedeuten? Du sagst, ihr wart Freunde. Vielleicht sind sie auch Freunde? Was hast du vor? Weiterhin so tun, als wäre da nichts? Nichts für ungut, ich weiß, ich bin nicht unbedingt der, der große Beziehungstipps geben kann. Aber wenn ich eins weiß, dann, dass es keinen Sinn macht, vor Gefühlen davonzulaufen."

Der Blick, den er mir zuwirft, bringt mich zum Nachdenken. Wie er das sagt, als wüsste er genau, wovon er spricht, allerdings kann ich mir darauf keinen Reim machen, denn ich habe ihn noch nie in einer Beziehung erlebt, die länger als ein paar Wochen ging.

Aber vermutlich hat er recht.

Vielleicht sollte ich nicht einfach vor meinen eigenen Gefühlen davonlaufen. Was habe ich schon zu verlieren? Wie es im Moment zwischen Nele und mir läuft, ist nun wirklich nichts, woran man festhalten muss. Geklärte Fronten sind besser als Unwissenheit.

Entschlossen nehme ich mein Bier und trinke es aus.

„Du hast recht. Ich muss diese Sache ins Reine bringen. Sonst werde ich es ewig mit mir rumschleppen."

„Ein Leo, ein Wort", grinsend hebt Josh sein Glas und prostet mir zu.

Nele

Im Kindergarten läuft alles wieder ein wenig geregelter.

Die Kinder und die anderen Erzieher sind fast alle wieder gesund und anwesend. Endlich habe ich mehr Zeit, mich den Kids zu widmen. Wir haben die Blumenstecker vor der Tür in die Blumenkästen gesteckt – zusammen mit ein paar Blumen, wenn auch nur aus Holz und bemalt.

Die Sonne scheint und den Nachmittag werden alle draußen auf dem Kindergartengelände verbringen.

Da ich einige Überstunden angesammelt habe, kann ich mir heute Nachmittag getrost drei Stunden früher frei nehmen.

Lana und ich hatten Glück, dass wir nicht krank wurden, allerdings ist der Preis dafür meistens mehr Arbeit, um den Kindergarten am Laufen zu halten.

Wie man es dreht und wendet, alles hat Vor– und Nachteile.

Krank zu sein ist selbstverständlich nicht schön, aber viel arbeiten und zuhause alles stehen und liegen lassen hat nun mal zur Folge, dass es später nachgeholt werden muss.

So werde ich also meine freien Stunden heute mit Putzen, Waschen und Staubwischen verbringen.

Zumindest war das der Plan, bis mein Handy einen Piepton von sich gibt.

Alleine beim Anblick des Absenders wird mir wieder total warm und kribbelig. Mir fällt ein, dass ich Leo nicht auf seine Nachricht geantwortet habe. Aber nach seinem Abgang aus der Kanzlei war mir auch nicht danach. Ich weiß einfach nicht, was ich antworten soll.

Seufzend tippe ich auf die Nachricht und lese:

Hey Nele, mir wäre es total wichtig, dass wir miteinander reden. Bitte, schenk mir ein paar Minuten. Früher konnten wir doch auch über alles reden. Ich wünsche mir, dass nichts zwischen uns steht.

Leo

Er will mit mir reden. Die Frage ist, worüber wir eigentlich reden wollen.

Klar, wir haben uns zufällig wiedergesehen. Total merkwürdig voreinander gestanden, bevor ich geflüchtet bin. Danach finde ich durch Zufall heraus, dass er mit seiner Familie nun mein Nachbar ist. Wieder laufe ich quasi vor ihm davon.

Warum treffen wir dann – schon wieder zufällig – bei Tom aufeinander, der Anwalt für Familien-recht ist? Dort war er es, der flüchtet.

Das ist doch alles völlig absurd. Wir waren beste Freunde. Zumindest war er mein bester Freund. Ich wollte eigentlich nie nur seine beste Freundin sein.

„Kommst du mit ins Kino? Wir wollen uns heute den neuen Film reinziehen. Und danach ins „Anker" und einen Absacker trinken?", fragt Georg mich. Er gehört auch zur Clique. Ein totaler Draufgänger, mit dem ich, ohne Leo und Josh vermutlich nie etwas zu tun hätte.

Er tickt mich mit seiner Schulter an und raunt mir in verschwörerischem Ton zu: „Selbstverständlich lassen wir dir den Platz neben Leo. Dann könnt ihr ein wenig rumknutschen." Er lacht.

Meine Wangen haben garantiert den gleichen Rotton angenommen, den mein Rucksack hat. Bevor ich auch nur etwas erwidern kann, steht Leo bereits neben mir.

„Georg, du bist ein Vollidiot. Lass Nele in Ruhe. Du weißt genau, dass sie meine beste Freundin ist."

Leo legt den Arm um meine Schultern und zieht mich von Georg weg.

Und damit ist klar, dass wir heute Abend im Kino ganz bestimmt nicht rumknutschen werden.

Nicht, dass es nicht sowieso klar gewesen wäre, aber damit bestätigt Leo mal wieder, dass wir nur beste Freunde sind.

Nicht mehr und nicht weniger.

Und beste Freunde knutschen nun mal nicht rum.

Bevor ich mich noch einmal zum Affen mache, wäre es vielleicht an der Zeit, ein für alle Mal diese seltsame Stimmung aufzuklären.

Kurzentschlossen nehme ich mein Handy und antworte.

Hallo Leo. Du hast recht. Lass uns reden, ich bin zuhause. Komm einfach rum, wenn du Zeit hast, du hast es ja nicht weit. Nele

20 Minuten später klingelt es an der Haustür. Mein Puls beschleunigt sich innerhalb von einer Sekunde und meine Hände beginnen zu schwitzen.

Ich spüre sehr deutlich, wie mein Herz aufgeregt in meiner Brust schlägt.

Ob man das von außen erkennt?

Um mich irgendwie etwas zu beruhigen, versuche ich, ruhig durchzuatmen.

Aber es bringt alles nichts.

Als ich die Tür öffne, stockt mir der Atem. Leo sieht einfach so unglaublich gut aus.

Wie er dort steht mit den Händen in der Tasche, den Kopf etwas gesenkt, das Haar leicht in die Stirn gefallen.

Er trägt ein eng anliegendes, langärmeliges Shirt mit einem V-Ausschnitt, eine dunkelblaue Jeans und Sneaker. Nichts Außergewöhnliches – eigentlich. Aber an ihm sieht es einfach blendend aus.

Ich kann meinen Blick nicht abwenden und muss schlucken.

Er hebt den Kopf, mustert mich aus seinen blauen Augen und streicht sich dabei das Haar aus der Stirn.

Keiner von uns beiden sagt etwas. Wir sehen uns einfach nur an. Mein Herz findet es lustig, noch einen Zahn zuzulegen und mein Atem beschleunigt sich einmal mehr, als wäre ich soeben einen Marathon gelaufen.

Mir ist bewusst, dass ich etwas sagen sollte, ihn hereinbitten muss, aber mir entkommt kein Ton.

Nach einigen Sekunden, die sich angefühlt haben wie Minuten, räuspert sich Leo. „Darf ich reinkommen?"

„Äh … ja, na klar. Magst du etwas trinken?"

Ich öffne die Tür weiter und lasse ihn eintreten.

„Ja, gern. Was du gerade da hast."

„Wollen wir zusammen in den Kühlschrank schauen?" Ich drehe mich um und steuere die Küche an.

„Hier hat sich einiges getan, es sieht ganz anders aus als früher."

Leo schaut sich um und sein Blick zeigt Bewunderung.

„Ja, als Oma gestorben ist, konnte ich mich nicht vom Haus trennen. Für mich alleine ist es aber zu groß gewesen. Ich habe es umbauen lassen. Meine beste Freundin wohnt auf der anderen Seite. Wir teilen uns die Küche und den Essbereich."

Ich bin immer noch sehr stolz auf meine Idee, das Haus auf diese Art umzugestalten.

Es war eine perfekte Idee und wenn ich Leo so beobachte, ist er begeistert von dem, was er sieht.

„Das ist eine grandiose Idee. Es sieht wirklich sehr einladend aus und trotzdem ist der Charme von Oma Gretes altem Haus erhalten geblieben."

Er nickt anerkennend in die Richtung der alten Balken, die immer noch zu sehen sind, allerdings jetzt heller als früher.

In der Küche zeige ich auf den Essbereich und gehe zum Kühlschrank.

„Ich hätte 'ne Flasche Weißwein offen oder Wasser."

Ich nehme beides raus und stelle es auf den Esstisch. Ich brauche jetzt auf jeden Fall ein Glas Wein, und Wasser dazu ist nie verkehrt.

„Ich würde einen Wein mittrinken, wenn du auch möchtest."

Nachdem ich auch Gläser dazugestellt habe, setze ich mich Leo gegenüber.

Er schenkt uns ein und sieht dann mit dem Glas in der Hand zu mir.

„Danke, dass ich hier sein darf. Ich … es … also, die ganze Situation ist so seltsam und das mag ich nicht. Nele, das sind doch nicht wir. Das war doch nie so kompliziert zwischen uns."

Etwas zerknirscht schaut er mich an und ich nicke zustimmend.

„Du hast recht. Ich war vermutlich einfach überfordert damit, dich so plötzlich wiederzusehen. Vielleicht wäre es anders gewesen, wenn ich das gewusst hätte."

Meine Stimme wird immer leiser und ich beiße mir auf die Lippe. Dass er mit Frau und Kind jetzt gegenüber wohnt und mich hauptsächlich die Frau *stört*, kann ich ihm nicht sagen.

„Glaub mir, das war alles auch nicht von langer Hand geplant. Vor allem wusste ich nicht, dass wir Nachbarn werden. Ich habe mir über den Straßennamen gar keine Gedanken gemacht."

Ich bin irgendwie verwirrt. Selbst wenn man sich über einen Straßennamen keine Gedanken macht, hat er die Wohnung doch vorher sicherlich besucht und gewusst, wo sie sich befindet. Oder etwa nicht?

Leo muss meinen verwirrten Blick falsch gedeutet haben.

„Ach, du meinst gar nicht, dass wir gegenüber wohnen? Du meinst sicherlich Sofie, meine Tochter? Ich dachte, du magst Kinder?"

Jetzt bin ich noch verwirrter. Natürlich mag ich Kinder, aber das ist doch nicht das Thema.

Aber was ist eigentlich das Thema? Wie soll er mich überhaupt verstehen, wenn ich ihm doch nicht sagen kann, wie ich fühle?

Um von mir abzulenken, versuche ich es anders.

„Selbstverständlich mag ich Kinder. Ich finde es schön, dass du Papa bist. Ich wusste immer, dass du ein guter Vater sein wirst."

Ich hatte mir leider immer erhofft, dass ich die Mama dazu sein würde, was ich ihm natürlich nicht sage.

„Es ist ja nicht so, dass nur ich mich seltsam verhalten habe. Du bist doch ohne irgendetwas zu sagen aus der Kanzlei abgehauen."

Mein Ton ist schnippisch und irgendwie auch kindisch. Aber ich kann gerade nicht anders.

Leo zuckt kurz zusammen und in seinem Blick sehe ich einen Anflug von Trauer. Oder ist es Schuld? Ich kann es nicht richtig deuten. Vielleicht habe ich mich auch getäuscht.

„Ich habe mich schuldig gefühlt, weil eure Verabredung durch mich verspätet losging. Tut mir leid."

Sein Blick weicht meinem aus und er reibt sich einmal über seine Narbe am Auge. Ein Zeichen, dass ihm etwas peinlich ist oder er gelogen hat. Daran erinnere ich mich genau. Denn er hat mir mal erzählt, die Narbe würde immer dann jucken, wenn er sich unwohl fühlt.

Ich habe das dringende Bedürfnis, ihm irgendwie klar zu machen, dass Tom und ich nur Freunde sind. Nicht, dass es für ihn von Wichtigkeit sein könnte, aber für mich schon.

„Ach, mach dir keinen Kopf, eine gute Freundschaft geht an ein bisschen Verspätung nicht kaputt. Das müsstest du doch wissen."

Ja, das war eine gute Aussage. Ich könnte mir gerade selber auf die Schulter klopfen, dass mir das so eingefallen ist. Ich bin sehr zufrieden mit mir.

Kurz meine ich, Leos Augen aufblitzen zu sehen und sein Gesicht hellt sich auf. Aber dafür gibt es doch gar keinen Grund, oder?

Leo

Die letzten Tage haben Mia und ich uns Gedanken darüber gemacht, ob wir Sofie im Kindergarten anmelden sollen.

Selbstverständlich übernehmen Mia oder ich die Begleitung, nicht Josh, wie er so *selbstlos* angeboten hat.

Anfang nächster Woche werde ich hingehen und nachfragen, wann wir die Erzieherin kennenlernen können. Vielleicht könnte Sofie da sogar schon dabei sein.

Josh hat erzählt, dass er zwar viele Informationen bekommen, aber mehr als das halbe Team krankheitsbedingt gefehlt hat.

Daher blieb nicht so viel Zeit, um über solche Details zu sprechen, wenn noch nicht feststeht, dass Sofie überhaupt hingehen wird.

Ich bin froh, wieder in Joshs Nähe zu sein. Selbst wenn wir uns zurzeit doch weniger sehen, als wir eigentlich geplant hatten, ist es deutlich mehr als die letzten Jahre meiner Abwesenheit. Ein wenig trauere ich unserer geplanten WG hinterher. Aber ich muss mich aufs Wesentliche konzentrieren.

Alles andere wird sich mit der Zeit sicherlich zeigen.

Mir liegt die Sache mit Nele immer noch schwer im Magen, weshalb ich jetzt kurzen Prozess mache und ihr eine Nachricht schreibe.

Hey Nele, mir wäre es total wichtig, dass wir miteinander reden. Bitte, schenk mir ein paar Minuten. Früher konnten wir doch auch über alles reden. Ich wünsche mir, dass nichts zwischen uns steht.

Leo

Die letzten Abende lag ich oft wach in meinem Bett und habe nachgedacht. Mir ist klar geworden, dass alles im Leben einen Sinn hat.

Nichts passiert ohne Grund, selbst wenn es länger dauert, ihn zu erkennen.

Deshalb muss ich mit Nele sprechen. Ich möchte sie nicht wieder aus meinem Leben verschwinden lassen.

Mein Handy zeigt eine neue Nachricht an, die ich sofort lese.

Hallo Leo. Du hast recht. Lass uns reden, ich bin zuhause. Komm einfach rum, wenn du Zeit hast, du hast es ja nicht weit. Nele

Ich beschließe, mich schnell zu duschen und dann direkt zu ihr zu gehen.

An Neles Haustür wird mir etwas mulmig zumute. Ob wir es hinbekommen, wieder Freunde zu sein, obwohl ich eigentlich in ihrer Gegenwart kaum klar denken kann?

Schon wieder bricht mir der Schweiß aus, bevor ich überhaupt geklingelt habe. Mein Puls beschleunigt sich mit jeder Sekunde, die ich zögere.

Bevor ich einen Rückzieher in Erwägung ziehe, klingele ich.

Ich muss das hinbekommen. Selbst wenn ich meine Gefühle dafür im Zaum halten muss, ich will sie nicht verlieren. In meiner Brust wird es eng, ich fühle mich, als wäre meine Kehle zugeschnürt.

Die Tür öffnet sich und anstatt irgendetwas zu sagen, schau ich sie einfach nur an.

Sie ist so wunderschön. Noch viel hübscher als damals. Ihre grünen Augen funkeln, so dass ich wieder nach den Sprenkeln suche, die ich schon immer so mochte.

Mein Herz rast und mir wird bewusst, dass wir immer noch an der Haustür stehen und uns anschweigen.

Ich versuche, etwas zu sagen, aber es kommt kein Ton.

Ich räuspere mich und probiere es erneut.

„Darf ich reinkommen?"

„Äh … ja, na klar. Magst du etwas trinken?"

Wir laufen durch ihre Wohnung und ich bin unglaublich beeindruckt. Meine Augen versuchen, jedes kleine Detail aufzusaugen.

Die hellen Balken, die damals viel dunkler waren. Die Mauern, die neu gezogen wurden, damit das Haus geteilt werden kann. Vor allem das Farbkonzept sticht mir direkt ins Auge. Es ist alles in Creme und hellem Grau mit einigen Akzenten in etwas dunklerem Grau gehalten, das mir direkt zusagt.

Der Umbau ist grandios geworden. Ich bin begeistert, dass sie das Haus nicht verkauft hat.

Es hat unfassbar viel Charme und für Nele hängen garantiert eine Reihe schöner Erinnerungen daran.

Ich weiß, dass Oma Grete für sie ein sehr wichtiger Mensch war und das Haus hier ihr Zuhause. Davon trennt man sich nicht so schnell.

Als wir in der gemeinsamen Wohnküche der beiden Wohnungen ankommen, kann ich meine Begeisterung kaum zügeln. Es ist offen, groß und wunderschön.

An der linken Seite befinden sich eine Küchenzeile im Landhausstil in einem schönen Creme-Ton, der zu Nele passt, davor eine große Kücheninsel, auf der ein Messerblock und frische Kräuter stehen. An der gegenüberliegende Seite sehe ich eine kleine Erhöhung mit zwei Stühlen. Bestimmt kann man von dort hervorragend beim Kochen zuschauen und gemütlich zusammen frühstücken.

Mein Blick schweift nach rechts, wo ein großer Esstisch mit sechs Stühlen steht, von dem aus man sich mit dem Koch oder der Köchin unterhalten könnte. Weiter vorne befinden sich eine Sofalandschaft und ein kleiner Tisch direkt vor der einladenden Terrasse.

Richtig gemütlich, ich fühle mich sofort wohl.

Es ist genug Platz, um mit vielen Menschen zusammenzusitzen, aber nicht so viel, um sich zu zweit völlig verloren zu fühlen.

Das große Fenster zum Garten ist umrandet von großen grünen Pflanzen. Sie sehen so aus, als würden sie im Sommer auch öfter draußen stehen.

Wir trinken ein Glas Wein und auch wenn es mitten am Tag ist, scheinen wir das beide gerade zu *brauchen.*

Das Gespräch zieht sich wie Kaugummi, aber nachdem ich mich für meinen Abgang in der Kanzlei entschuldigt habe, sagt Nele einen Satz, der mich völlig aus dem Konzept bringt.

„Ach, mach dir keinen Kopf, eine gute Freundschaft geht an ein bisschen Verspätung nicht kaputt. Das müsstest du doch wissen."

Mein Puls beschleunigt sich binnen Sekunden und mein Herz stolpert mal wieder fröhlich in meiner Brust. Ist das ein Zeichen? Sagt sie mir das, damit ich weiß, dass sie nicht mit Tom zusammen ist? Ändert das etwas für mich? Soll ich ihr sagen, wie ich fühle?

Noch bevor ich eine Entscheidung getroffen oder die Gedanken sortiert habe, machen sich meine Beine selbstständig.

Der Stuhl fällt um und ich umrunde den Tisch.

Ihre Augen werden riesig und sie sieht erschrocken zu mir hoch.

„Tut mir leid, aber ich kann nicht anders", flüstere ich atemlos neben ihr.

Ich schiebe ihren Stuhl zurück und ziehe sie hoch. Wir stehen so dicht voreinander, dass ich ihren süßen Duft wahrnehme. Das Parfüm, das sie vermutlich trägt, ist ein anderes als früher, aber ihr Geruch ist immer noch derselbe. Erstaunlich, dass mir das nach all der Zeit auffällt. Sie hält den Atem an und bewegt sich nicht. Ihre Augen finden meine und der Blick, den sie mir schenkt, ist voller Sehnsucht und Hoffnung. Ich erwidere ihn und suche darin nach Zweifel, aber da ist nichts. Ich sehe, wie sie den Blick zu meinen Lippen senkt, was mir den letzten Anreiz gibt. Ich ziehe sie ein Stück näher und lege meine Lippen auf ihre. Erst ganz sanft, um ihr doch die Möglichkeit auf Rückzug zu geben. Ich spüre ihren Atem und sauge ihn ein. Ihre Hände legen sich an meinen Rücken und sie presst sich an meine Brust. Ein Feuerwerk in mir entfacht und wenn ich könnte, würde ich sie noch näher an mich drücken.

Der Kuss ist erst sanft und zögerlich. Nach kurzer Zeit wird er forscher und leidenschaftlicher.

Ich bin atemlos und habe Raum und Zeit völlig vergessen.

Mein Herz schlägt so fest in meiner Brust, dass sie es spüren muss.

Ihre Hand wandert hoch in meinen Nacken und ich vertiefe den Kuss.

Plötzlich versteift sie sich, beendet den Kuss, hält sich erschrocken die Hände vor den Mund und stolpert einen Schritt von mir weg.

Mit aufgerissenen Augen und ausgestreckten Händen steht sie vor mir, zieht sich weiter von mir zurück und sieht mich an wie ein Reh im Scheinwerferlicht. In ihrem Blick erkenne ich Verzweiflung und Hilflosigkeit. So, als wäre ihr etwas Entfallenes wieder ins Gedächtnis gekommen.

Eine Träne läuft ihr an den Wangen hinab.

Ich bin immer noch atemlos und völlig perplex.

Meine Schultern sacken ab und ich versuche, tief Luft zu holen. Was ist gerade geschehen? Eben haben wir uns noch geküsst und es war wunderschön. Das Gefühl, sie endlich wieder in meinen Armen zu haben, ist übermächtig gewesen.

Genau so, wie ich es mir immer erhofft habe. Und nun steht sie vor mir, als wäre es ein riesiger Fehler gewesen. Warum nur?

„Nele …", hauche ich, aber sie hebt ihre Hand.

„Leo, was haben wir getan? Ich … du … bitte geh!"

Ich möchte sie sofort wieder an mich ziehen, sie fest umarmen und ihr einen Kuss auf den Scheitel drücken. Ihr sagen, dass alles in Ordnung ist und ihr beruhigend den Rücken streicheln.

Ich erkenne in ihrem Blick, dass das alles jetzt in diesem Moment genau das Falsche wäre. Dafür kenne ich sie zu gut.

Deswegen nicke und akzeptiere ich, wenigstens vorerst, denn verstehen tue ich es nicht. Völlig verwirrt und hilflos nehme ich meine Jacke, flüchte regelrecht aus der Küche in den Flur und schließe die Haustür hinter mir.

Ich lehne mich dagegen, bücke mich nach vorne und stemme die Hände an meinen Oberschenkeln ab.

Was zum Teufel ist da eben passiert? Ich atme ein paar Mal tief ein und aus und versuche, mich zu sammeln, bevor ich über die Straße und in meine Wohnung gehe.

Nele

„Scheiße, scheiße, scheiße …", fluche ich laut und weitere Tränen laufen unaufhaltsam über mein Gesicht. Leo ist vor einigen Minuten aus dem Haus geflüchtet und ich stehe immer noch an Ort und Stelle.

Was war das eben? Wie konnte ich nur? Ich habe ihn geküsst. Und das, obwohl ich ganz genau weiß, dass er eine Familie hat. Ich bin so eine blöde Kuh.

Mein Herz hat sich an all die schönen Momente von früher erinnert. An all die Momente, in denen ich mir nichts sehnlicher gewünscht hätte, als dass wir uns küssen.

Dass er mich genau so ansieht, wie er es heute getan hat. Seine Augen haben so viel ausgedrückt: Zuneigung, Sehnsucht, Hoffnung und Leiden-schaft.

Beim Gedanken an den Kuss glühen meine Wangen erneut und mein gesamter Körper zittert vor Aufregung.

Immer noch spüre ich das Kribbeln, angefangen bei den Lippen bis hinunter in die Zehen. Ein Kuss, so intensiv wie nie einer zuvor.

Ich hätte nie gedacht, dass ich all das in nur einem Blick sehen kann. Wie sehr habe ich es mir gewünscht und dann passiert es genau dann, wenn er Frau und Kind hat, die zuhause auf ihn warten. Zuhause! Wohlgemerkt nur ein paar Meter von dort entfernt, wo er seine Frau mit mir hintergeht. Wie konnte er ihr und mir das antun? Selbst schuld, ich habe es zugelassen! Mein schlechtes Gewissen frisst mich innerhalb dieser paar Minuten fast auf.

Ich sinke zu Boden und weine.

„Nele?!" Lana kommt auf mich zugelaufen und sieht erschrocken aus. Kein Wunder, ich sehe sicher schlimm aus. Mein Kopf pocht unaufhörlich. Das hat mir eben noch gefehlt. Da schaffe ich es, einem Magen-Darm-Virus zu entgehen und habe dann Flüssigkeitsmangel wegen eines Weinkrampfs.

„Was ist los? Warum sitzt du hier allein und weinend auf unserem Küchenboden?" Sie zieht mich hoch und lenkt mich Richtung Sofa.

Scheinbar habe ich noch nicht alle Flüssigkeit verloren, denn erneut laufen mir die Tränen.

Lana legt ihre Arme um mich und wiegt uns sanft. Sie bohrt nicht weiter nach, sondern wartet, bis ich mich etwas beruhigt habe.

„Soll ich uns einen Tee aufsetzen? Würde dir das helfen?"

Dankbar nicke ich und versuche, mich aufzurichten, damit sie zur Küchenzeile gehen kann.

„Leo war hier." Ich schaue rüber zu Lana und warte auf ihre Reaktion.

Ihre Augen werden groß und sie runzelt die Stirn.

„Okaaaaaay", sagt sie gedehnt, „aber nur deswegen bist du doch nicht so aufgelöst?"

„Er hat mich geküsst. Oder nein, wir haben uns geküsst", gebe ich leise zu.

Lana sagt nichts. Sie sieht mich einfach nur abwartend an. Ich schätze es, dass sie nicht gleich drauflosplappert und mir sagt, dass das doch super ist. Denn das ist es unglücklicherweise nicht.

„Es war ein Fehler." Leider – wie ich mir immer wieder eingestehen muss.

„Seit Ewigkeiten habe ich auf diesen Moment gewartet. Gut, die letzten Jahre nicht mehr. Zumindest nicht bewusst. Ich habe mir gewünscht, ihn zu küssen und mich an seine Brust zu schmiegen und ihn als meinen Freund zu betiteln", gebe ich zu.

„Und da passiert es ausgerechnet, wenn er eine Familie hat. Lana, er lebt mit Frau und Kind genau zehn Meter von hier entfernt und dann küsst er mich!"

Meine Stimme wird immer lauter und ich merke selbst, wie empört ich mich anhöre.

„Wie kann er so rücksichtslos sein? Wie soll ich mich denn nun der Kleinen oder seiner Frau gegenüber verhalten? Hast du eine Ahnung, wie doof ich mir vorkomme?"

Ich kann gar nicht mehr aufhören, mich über Leo aufzuregen.

„Hm …", gibt Lana von sich und kommt mit zwei Tassen Tee in die Sitzecke.

„Aber wie kam es denn dazu? Ich kenne Leo nicht, aber so, wie du ihn mir beschrieben hast, passt das nicht zu ihm."

Sie sieht nachdenklich aus.

„Mag ja sein, aber hättest du mir zugetraut, einen vergebenen Mann zu küssen?"

Meine Stimme ist schriller als beabsichtigt.

Sie hat recht, es passt nicht zu Leo. Aber zu mir genauso wenig. Ich würde so etwas niemals tun.

Bis heute hätte ich meine Hand dafür ins Feuer gelegt und nun sowas. Die Enttäuschung über mich selbst bringt mich fast zur Verzweiflung.

„Verstehe. Du bist genau genommen sauer auf dich. Wenn nicht sogar mehr als auf ihn. Ich kenne dich. Du wirst dich damit auseinandersetzen müssen, sonst verzweifelst du."

„Ja, das stimmt. Aber nicht mehr heute. Heute muss ich einfach leiden und mich nicht ausstehen können."

Trotzig verschränke ich die Arme vor meiner Brust.

Lana prustet los, umarmt und zieht mich fest an sich.

„Los, hüpf unter die Dusche und zieh dir was Kuscheliges an. Wir suchen uns einen Film aus und trinken den Rest vom Wein."

Leo

Seit einer Stunde laufe ich nun schon planlos durch die Straßen. Langsam aber sicher zieht mir die Kälte in die Glieder. Ich sollte nach Hause gehen. Sofie und Mia warten bestimmt schon mit dem Abendbrot.

Ich verstehe immer noch nicht, was schiefgelaufen ist. Der Kuss war atemberaubend. Weder habe ich das Gefühl, Nele überrumpelt, noch ihr eine Chance auf Rückzug verwehrt zu haben. Immerhin hat sie den Kuss eindeutig erwidert. Nein, sie hat ihn genossen. Ich habe gespürt, wie sie sich an mich geschmiegt und ihn förmlich aufgesaugt hat. Keine Ahnung, wie lange wir uns geküsst haben, denn wir haben beide Zeit und Raum vergessen. Warum ist sie plötzlich so panisch geworden?

Hat sie Angst um unsere Freundschaft? Oder war es doch wegen Tom? Aber sie hat mir doch gesagt, dass er nur ein Freund ist.

Egal, wie lange ich darüber nachdenke, eine vernünftige Erklärung werde ich dazu nicht finden.

Wo wir dann wieder beim Klärungsbedarf zwischen uns beiden angekommen wären. Scheinbar ist das gerade unser Ding.

Wir geraten in Situationen, die wir klären sollten, aber anstatt das zu tun, kommt es jedes Mal zu weiteren Verwirrungen.

Ich reibe mir mit beiden Händen übers Gesicht und grummle vor mich hin. Zeit umzudrehen und nach Hause zu gehen.

Die nächsten Tage meldet sich Nele nicht bei mir. Ich versuche, sie in Ruhe zu lassen und ihr die Zeit zu geben, die sie scheinbar braucht. Aber es kostet mich unfassbar viel Kraft, diese Entscheidung, die sie getroffen hat, zu akzeptieren. Ich vermisse sie in jeder Sekunde.

Heute steht aber erstmal etwas ganz Spannendes für Sofie an.

Wir wollen in den Kindergarten und dort in Erfahrung bringen, wer ihre potenzielle Erzieherin ist. Bei dieser Gelegenheit kann sie sich schon mal in Ruhe umschauen und sehen, was sie erwartet.

Seit heute Morgen um 5 Uhr steht Sofie mit ihrem Rucksack, den Mia ihr geschenkt hat, bereit. Ihre kleinen Füßchen stehen keine Sekunde still. Sie hibbelt umher und fragt alle drei Minuten, wann es denn losgeht. So aufgeregt habe ich sie noch nicht erlebt.

Als wir dann endlich am Eingang stehen, drücken wir die Klingel mit der Aufschrift:

Fr. Annika Nielsen, Leitung

Eine Frau, schätzungsweise Ende 30, öffnet uns mit einem Lächeln die Tür.

Ihre langen blonden Haare, die sie zu einem Zopf geflochten hat, hängen nach vorne über ihre Schulter.

Sofie betrachtet sie mit großen leuchtenden Augen.

Sie fragt nach unserem Anliegen und bittet uns mit einem Handzeichen nach links in ihr Büro.

Der Raum ist nicht sehr groß, hat aber eine gemütliche kleine Spielecke, die es Sofie gleich angetan hat.

Sie wird unruhig an meiner Hand und deutet auf die Puppe, die dort liegt.

Frau Nielsen geht vor Sofie in die Hocke und spricht in einer angenehm sanften Stimme zu ihr:

„Hallo, mein Name ist Annika, und wer bist du?"

„Fie", flüstert Sofie leise zurück und versteckt sich gleichzeitig hinter meinem Bein.

„Wenn du magst, kannst du dich um die Puppe Lieselotte kümmern, solange ich mich mit deinem Papa unterhalte. Und wenn du dort nicht mehr spielen möchtest, kommst du zurück, was meinst du?", bietet Frau Nielsen ihr an.

Sofie nickt und hüpft sofort los.

In den nächsten Minuten erkläre ich unsere verzwickte Situation.

Natürlich lasse ich nicht aus, dass Sofie mich erst seit kurzem kennt und noch in der Trauerphase ist, die professionell begleitet wird.

Da unsere Situation doch sehr speziell ist, bietet uns die Leiterin an, zusammen in die Gruppe zu gehen, in die Sofie kommen würde.

„Lassen Sie uns doch einfach gemeinsam in die Gruppe gehen, damit Sie sich einen Eindruck verschaffen können. Vielleicht möchte Sofie sogar ein paar Minuten dort spielen, falls es sich ergibt. Wenn nicht, ist das auch in Ordnung."

Wir haben besprochen, dass Sofie ab nächstem Montag, in Begleitung von mir oder Mia, erstmal an zwei oder drei Vormittagen die Woche in den Kindergarten geht.

Die Eingewöhnungsphase dauert, so lange sie eben dauert.

Wir begleiten sie so lange, bis sie uns nicht mehr dabei haben möchte. Ich mag das Konzept sehr, denn ich glaube, dass dies genau das Tempo ist, das Sofie gerade braucht.

Auf dem Weg zur Gruppe *Marienkäfer* zeigt uns die Leiterin die Garderobe.

„Schau mal, Sofie, hier sind ein Haken und ein Korb für dich frei. Wenn du nächste Woche zu uns kommst, kleben wir zusammen ein Bild dorthin, damit du alle deine Sachen hineinlegen kannst."

Ein kurzes Klopfen an der Tür kündigt unseren Besuch an.

Nachdem wir eingetreten sind, schweift mein Blick durch den Raum. Er ist groß, hell und überall hängen gemalte Bilder. Auf der riesigen Fensterbank stehen gebastelte Tiere und Blumen.

Der Raum ist in mehrere Bereiche aufgeteilt, getrennt durch Regale, die fest am Boden verschraubt sind, was mich sehr beruhigt.

Aus der hinteren Ecke des Raumes hört man Gemurmel. Alle Kinder sitzen auf Decken und Kissen vor der Erzieherin und lauschen gebannt der Geschichte, die vorgelesen wird.

Mein Blick wandert weiter. An der Person, die neben der ersten Erzieherin sitzt, bleibt er hängen. Mein Herz setzt einen Schlag aus, um in der nächsten Sekunde loszurasen, als hätte ich zum Sprint angesetzt.

Nele

Meine Augen weiten sich und ich habe das Gefühl, keine Luft mehr zu bekommen. Möglicherweise würde es helfen weiterzuatmen, aber mein Hirn hat diesen Befehl noch nicht an meine Lungen weitergegeben.

Ich sehe, wie Annika mich zu sich winkt, aber ich kann mich nicht bewegen.

Ihr Stirnrunzeln bringt mich dazu, tief durchzuatmen und somit die Funktion meines Hirns wieder anzuregen.

Ich bewege mich langsam in Richtung Tür und versuche, so locker wie möglich auf das Mädchen, das dort steht, zuzugehen.

Mir ist klar, warum sie hier sind. Ich werde das große Glück haben, die Tochter von Leo bei mir in der Gruppe willkommen zu heißen.

Ist das nicht wunderbar – nicht.

Somit sind wir nicht nur Nachbarn, sondern ich soll auch noch eine Bezugsperson seiner Tochter werden.

Das Mädchen, dessen Vater ich geküsst habe und dessen Mutter meine Nachbarin ist.

Das Schicksal ist zurzeit einfach gegen mich. Anders kann ich mir diese Zufälle nicht mehr erklären.

Das alles hilft nichts, ich habe keine Wahl, also straffe ich meine Schultern und setze ein Lächeln auf, von dem ich hoffe, dass es echt genug wirkt.

„Ah, da bist du ja, Nele. Ich würde dir gern Herrn Sonntag und seine Tochter Sofie vorstellen. Sie sind heute spontan hergekommen, um sich deine Gruppe anzusehen. Sie wird ab nächster Woche zu uns kommen. Alles Weitere besprechen wir später. Würdest du die beiden ein wenig rumführen? Ich habe leider einen wichtigen Telefontermin."

An Leo gewandt sagt sie: „Es hat mich gefreut, Herr Sonntag. Wir sehen uns nächste Woche."

Annika reicht Leo die Hand und wendet sich an Sofie. Vor ihr hockt sie sich auf Augenhöhe:

„Sofie, du darfst gerne noch ein paar Minuten hierbleiben. Wir freuen uns auf dich. Nächste Woche darfst du dann sehr gerne länger bleiben."

Annika winkt uns kurz zu und verlässt wieder den Raum.

Sofie zieht Leo hinter sich her und geht langsam Richtung Leseecke. Ihre Augen leuchten und mit etwas Abstand bleibt sie stehen und beobachtet die Kinder.

So stehe ich immer noch an derselben Stelle und betrachte die Szene.

Oder soll ich sagen, ich schmachte?

Leo so zu sehen ist, als würde mein Herz zerquetscht. Er sieht so wunderbar aus mit seiner Tochter.

Plötzlich fliegen mir die Bilder von unserem Kuss wieder zu. Mein Puls schießt augenblicklich in die Höhe und mein Herz schlägt Purzelbäume, um im nächsten Moment prompt auf dem Boden aufzuschlagen.

Anstelle des Schmachtens stehen nun Wut und Enttäuschung. Es ist schwer, diese Gefühle in Einklang mit den umherflatternden Schmetterlingen in meinem Bauch zu bringen. Sie passen absolut nicht zusammen.

Aber hier ist weder der richtige Ort noch die Zeit, um mich damit auseinanderzusetzen.

Ich atme tief durch und gehe zu Leo.

Um die Szenerie nicht zu stören, flüstere ich ihm zu:

„Lasst euch Zeit. Wenn ihr wieder geht oder vorher eine Führung wollt, sagt kurz Bescheid."

Damit lasse ich ihn stehen und gehe zurück zu meiner Kollegin.

Nur langsam beruhigt sich meine Atmung und die Schmetterlinge kommen allmählich zur Ruhe. Ich versuche wieder, mich auf die Kinder zu konzentrieren.

Einige Zeit, nachdem Leo und Sofie sich verabschiedet haben, bittet Annika mich in ihr Büro.

„Gut, dass du Zeit hast, Nele. Es ist wichtig, dass wir die Situation um Sofie einmal kurz durchgehen. Sie ist nicht ganz so einfach und es ist essenziell, dass wir alle wissen damit umzugehen."

Die Art, wie Annika mich ansieht, verwirrt mich und ich halte inne.

Warum sollte an der Situation irgendetwas kompliziert sein?

Leo und seine Frau wirkten nicht so, als wäre etwas nicht normal, nachdem sie doch gerade erst zusammen hergezogen sind.

Na ja, außer, dass Leo seine Frau mit mir hintergeht, aber das wird Annika doch wohl nicht wissen oder etwa doch? Schon wieder reagiert mein blödes Herz mit einem Sprint. Wie lange es das wohl durchsteht?

Hat Leo ihr etwas meinetwegen gesagt, bevor sie in der Gruppe erschienen sind?

Scheiße. Ich erstarre in meiner Bewegung und versuche krampfhaft, meine Gesichtszüge nicht völlig entgleisen zu lassen. Offensichtlich gelingt es mir nicht.

„Nele? Ist alles okay bei dir? Du siehst aus, als würdest du schon etwas dazu wissen?"

„Äh, nun, ich weiß nicht. Vielleicht sollte ich mich hinsetzen", erwidere ich und nehme erstmal auf dem Stuhl Platz, um etwas Zeit zu schinden.

Ich kann keinen klaren Gedanken fassen. Bevor ich mir einen Satz zurechtgeformt habe, spricht Annika weiter.

„Herr Sonntag hat bis vor einigen Wochen nichts von seiner Tochter gewusst. Es gab einen Autounfall, bei der die Mutter von Sofie starb, weshalb er als Vater benachrichtigt wurde. Deshalb ist es so, dass …"

Ihre Mutter ist tot? Und Leo wusste nichts von seiner Tochter? Mir wird schwindelig. Kalter Schweiß bildet sich auf meiner Stirn und das Atmen fällt mir schwer.

Das heißt, er kennt sie erst seit kurzem? Deswegen der Umzug in diese Wohnung, ohne sich Gedanken zu machen. Aber welche Rolle spielt Mia?

„… soziale Kontakte. Oder wie denkst du darüber?"

Jetzt erst bemerke ich, dass ich nicht mehr zugehört und vermutlich die Hälfte verpasst habe.

Ich versuche, meine Atmung zu kontrollieren und mich wieder zu konzentrieren.

„Entschuldige. Ich war etwas abgelenkt. Ich bin ziemlich durch den Wind."

Räuspernd setze ich mich wieder gerade hin und wische mir den Schweiß von der Stirn.

„Es ist so, Sofie und ihr Vater wohnen gegenüber von mir. Sie sind dort vor kurzem eingezogen. Und ich kenne Leo, ich meine Herrn Sonntag, von früher."

Ich zögerte kurz und spreche dann aber weiter.

„Die ganze Situation hat mich eben in meine eigene Kindheit katapultiert. Meine Eltern starben ebenfalls bei einem Autounfall. Ich war damals zwar schon 13, aber auch ich musste dann umziehen. Ich zog zu meiner Oma, hierher."

„Oh, verstehe, deswegen auch deine Reaktion vorhin. Das tut mir sehr leid. Das hat dich sicher erstmal getroffen. Ich vermute, du hast nicht alles gehört, was ich eben erzählt habe, oder?"

„Nein", gebe ich zerknirscht zu, „tut mir leid, ich war ehrlich gesagt ein wenig geschockt. Allein die Tatsache, dass die Mama von der kleinen Sofie eben erst verstorben ist, aber auch, dass Leo sie kürzlich kennengelernt hat, hat mich eiskalt erwischt."

„Ja, das ist auch wirklich keine alltägliche Situation. Deshalb ist es umso wichtiger, dass wir alle an einem Strang ziehen, um Sofie zu helfen. Frau Hellbrand, ihre Patentante, wohnt deswegen auch bei ihnen. Sie ist eine wichtige Bezugsperson und hilft Herrn Sonntag und Sofie. Sie war die beste Freundin von Sofies Mutter. Das alles ist recht viel für die Kleine. Aber neue soziale Kontakte, Freunde, spielen und Spaß sollen ihr helfen, sich in ihrer neuen Umgebung zurecht-zufinden. Meinst du, du schaffst es, damit umzu-gehen?"

„Ja, doch, das tue ich. Ich habe gelernt, damit umzugehen, und schätze, dass meine Erfahrungen sogar helfen werden, Sofie besser zu verstehen. Vielleicht kann ich ihr sogar helfen."

„Danke für deine Ehrlichkeit, Nele. Ich denke, Sofie wird bei dir in der Gruppe gut aufgehoben sein."

Schlagartig wird mir noch etwas bewusst. Wenn Leo Sofie vorher nicht kannte, dann kennt er Mia vermutlich genauso wenig. Demnach sind sie kein Paar und ich habe eine riesige Dummheit begangen. Scheiße!

In meiner Pause schnappe ich mir mein Handy und schreibe eine Nachricht an Leo. Ich muss das unbedingt wieder geradebiegen.

Leo

Josh hat in den letzten Tagen ganze Arbeit geleistet. Er hat das Arbeitszimmer, das ich kurzzeitig bewohnt habe, mit seinem Schlafzimmer getauscht.

Sein altes und die kleine Gästetoilette befinden sich direkt links neben dem Eingang. Der Flur ist dort breiter mit einem größeren Eingangsbereich. Gegenüber der Eingangstür führt der Gang weiter zu den restlichen Teilen der Wohnung.

Das Arbeitszimmer mit der kleinen Gästetoilette ist mit einem Raumteiler vom Rest der Wohnung abgetrennt. So haben wir die Möglichkeit, potenzielle Kunden zu empfangen, was für den Anfang eine gute Lösung ist.

Der Raumteiler besteht aus einem hohen, breiten Blumenkübel mit Rankgitter. Durch helle Fenster rechts neben der Eingangstür wirkt der Flur weder zu dunkel noch zu eng. Die hohen Zimmerpflanzen verdecken die Sicht auf den Rest der Wohnung. Nach Feierabend kann der Raumteiler einfach zur Seite an die Bürotür geschoben werden.

Selbst zwei gemütliche Sessel zum Warten und ein kleiner Tisch haben im vorderen Flur einen Platz gefunden.

„Wow, das sieht fantastisch aus, Josh." Ich klopfe ihm anerkennend auf die Schulter.

„Finde ich auch, unser Besuch im Möbelhaus hat sich doppelt gelohnt."

„Wie sieht's aus, hast du 'ne Stunde Zeit? Dann könnten wir mit Sofie zum Spielplatz gehen. Wir waren gerade im Kindergarten. Sofie hat dort eindeutig mehr Spaß als hier."

„Gib mir 15 Minuten. Ich bringe uns 'nen Kaffee mit. Geht doch schon mal vor", schlägt Josh vor.

Gerade, als Sofie, Josh und ich vom Spielplatz aufbrechen, vibriert das Handy in meiner Hosentasche.

Bevor ich es herausziehe, um zu sehen, wer mir schreibt, verabschieden Josh und ich uns. Sein Weg zurück ins Büro führt in die andere Richtung.

Hey Leo.

Können wir uns später treffen? Bei mir, oder wir könnten ins Anker?

Nele

Da ich bis jetzt mit Sofie unterwegs war, muss ich noch ein paar Stunden arbeiten. Mia wollte gleich zuhause sein, damit wir „Schichtwechsel" machen können.

Wir haben uns die Tage so eingeteilt, dass ich sowohl Zeit für Sofie habe als auch ein paar

Stunden arbeiten kann. Ohne geht es ja nicht. So hat auch Mia Zeit für sich. Abends versuchen wir, zusammen Abendbrot zu essen und dann abwechselnd Sofie beim Einschlafen zu begleiten. Deshalb schreibe ich Nele gleich zurück. Immerhin haben wir seit dem Kuss kein Wort darüber verloren. Und allein diese Tatsache hat mich verrückt gemacht. Vom Aufeinandertreffen im Kindergarten ganz zu schweigen. Mal wieder so eine surreale Wendung des Schicksals.

Hey Nele. Ich bringe Sofie gegen 19 Uhr ins Bett. Sobald sie eingeschlafen ist, komme ich rüber. Ich kann dir nur keine genaue Zeit sagen.
   Leo

Ich freue mich, dass Nele mir geschrieben hat. Die Anspannung, die ich seit dem Kuss mit mir herumtrage, ist nicht auszuhalten. Ich kann es weder einordnen noch vergessen.

Als ich bemerkt habe, dass Nele die Erzieherin von Sofie sein wird, war ich zuerst geschockt. Nicht wegen der Tatsache, dass sie dort arbeitet. Aber sie in dieser Situation wiederzusehen nach unserem Kuss, hat mich aus der Bahn geworfen. Ich hatte einfach nicht damit gerechnet. Josh hat doch so von einer Erzieherin aus dem Kindergarten geschwärmt. Ob sie heute auch da war? Eigentlich hätte mir klar sein müssen, dass Nele dort arbeitet.

Leider funktioniert mein Hirn in den letzten Wochen absolut nicht logisch. Es wird höchste Zeit, dass bei mir ein wenig Alltag und Ruhe einkehren, denn sonst wird das mit dem Arbeiten die reinste Katastrophe.

Insgeheim freue ich mich auf heute Abend. Mir ist zwar nicht klar, was Nele von mir will, aber ich hoffe, wir klären unsere verfahrene Situation. Am liebsten wäre mir, wir würden mit einem Kuss besiegeln, dass alles nur ein Missverständnis war, und dann reiten wir gemeinsam in den Sonnenuntergang.

O Mann. Wo kommen denn solche kitschigen Gedanken her? Wahrscheinlicher ist es, dass wir diesen Kuss klären und nie wieder darüber reden, damit sie im Kindergarten professionell mit mir umgehen kann.

Mittlerweile sind wir an unserer Wohnung angekommen.

Zum Glück hat Sofie immer viel zu tun, wenn wir zu Fuß unterwegs sind. Jeder noch so kleine Stein auf dem Gehweg und die vielen bunten Lichterketten, die man vor einigen Häusern sieht, beschäftigen sie.

Eigentlich bin ich jeden Tag aufs Neue erstaunt, wie fröhlich Sofie durch den Tag läuft.

Nichtsdestotrotz vermisst sie Klara sehr.

Wir geben uns alle unglaublich viel Mühe, um sie aufzufangen, und ich bin mehr als nur froh, dass es Früchte trägt.

Ohne Mia wäre es niemals machbar gewesen, ihr den Umzug hierher zu ermöglichen.

Sofie hat jetzt so viele Menschen um sich herum, die sie mit Liebe überschütten.

Meine Eltern sind da goldwert und total vernarrt in ihre Enkelin.

Wie könnten sie auch nicht. Sie ist zauberhaft und ich kann mir mein Leben ohne sie schon gar nicht mehr vorstellen.

Vorher gab es Mia und Klara. Der Verlust ist grauenhaft, aber das, was Sofie dazugewonnen hat, hilft ihr, damit umzugehen.

„So, meine kleine Biene, jetzt geht's erst einmal in die Wanne."

Ich schnappe mir Sofie und hebe sie hoch.

Sie gluckst und ruft laut: „Fie Ente. Quak".

Lachend treten wir ins Badezimmer.

Während Sofie in der Wanne sitzt und mit ihrer kleinen Ente spielt, sehe ich zu Mia. Sie sitzt etwas abseits auf einem Hocker und sieht sehr traurig aus. Ihr Blick geht in die Ferne und ihre Mundwinkel sind abgesackt. Ich gehe zu ihr, so dass ich Sofie immer noch im Auge behalten kann.

„Was ist los? Du siehst betrübter aus als die letzten Tage. Du vermisst Klara sehr, oder?"

„Ja, es ist einfach schwer. Klara war meine engste Freundin und ich weiß nicht, wie es weitergehen soll, wenn Sofie auch noch aus meinem Leben verschwindet."

Sie schluchzt und schlägt sich die Hände vors Gesicht.

„Es tut mir so leid. Es muss schmerzhaft für dich sein, das sehe ich. Eins sollst du wissen, Sofie wird niemals ganz aus deinem Leben verschwinden. Sie wird immer ein Teil davon bleiben und ich wünsche mir, dass du für immer einer von ihr sein wirst."

Ich ziehe sie in meine Arme und hoffe, dass es für sie in Ordnung ist. Schließlich sind wir uns immer noch recht fremd. Ich denke aber, wir könnten Freunde werden. Denn uns verbindet etwas sehr Wichtiges und das wird hoffentlich auch immer so bleiben.

„Danke Leo. Das bedeutet mir sehr viel. Ich habe tatsächlich in den letzten Tagen darüber nachgedacht, ob ich nicht auch in die Nähe ziehen könnte. Vielleicht würde es mir guttun, etwas Neues aufzubauen. Ich weiß nicht, wie ich in unsere Wohnung zurück soll. Wir haben dort so lange zusammengewohnt. Sofie war seit ihrer Geburt in meiner Nähe. Es würde mir das Herz brechen, wenn ich sie verliere."

„Du wirst sie nicht verlieren. Das lasse ich nicht zu. Ich finde die Idee grandios. Lass uns darüber mal konkreter nachdenken. Ich helfe dir gerne dabei, wenn du das möchtest."

„Das werde ich tun."

Mia schlägt sich mit der Hand gegen die Stirn und sieht mich entschuldigend an.

„Ach Mist, jetzt habe ich bei meiner trübsinnigen Stimmung fast vergessen, dir zu sagen, dass ein großer Umschlag auf dem Küchentisch liegt. Mit einem Notarsiegel."

Mia steht auf und geht zur Badewanne.

„Geh schon, ich bleibe bei Sofie."

10. August 2021

Lieber Leo,

wenn du diesen Brief bekommst, bin ich vermutlich tot oder nicht mehr in der Lage, mich um unsere Tochter zu kümmern.

Es gibt ein paar wichtige Dinge, die du unbedingt wissen musst.

Als Allererstes möchte ich mich bei dir entschuldigen, falls du bisher noch nicht von deiner Tochter erfahren hast. Es tut mir leid.

Ich habe mich sehr schwergetan, dir von ihr zu erzählen. Ich war hin- und hergerissen, was richtig oder falsch ist.

Deiner Karriere als erfolgreicher Architekt wollte ich nicht im Wege stehen. Du hast dieses unfassbar gute Angebot bekommen, nach Schweden zu gehen. Das wollte ich einfach nicht gefährden.

Wir waren nur kurz zusammen und es fühlte sich unfair an, dich so zu binden.

Ich glaube, meine Schwangerschaftshormone haben mich dazu verleitet, solche Gedanken zu haben.

Je mehr Zeit verging, desto mehr Angst hatte ich, mich zu melden.

Kurz vor unserem Kennenlernen war ich krank, habe mir aber nichts dabei gedacht. Leider hat dadurch die Wirksamkeit der Pille nachgelassen.

Versteh mich nicht falsch, Sofie ist das Beste, was mir je passieren konnte.

Aber ich hatte auch Angst. Angst, meiner Tochter sagen zu müssen, dass ihr Vater sie nicht haben will.

Deshalb habe ich ihr erzählt, dass du weit weg wohnst und sie sehr lieb hast.

Ich habe ihr versichert, dass du uns irgendwann besuchen kommst, sobald du nicht mehr so weit weg bist. Ich hoffe einfach, dieser Tag wird kommen.

Sofie ist heute 1 Jahr alt geworden. Ich werde mich bei dir melden, sobald dein Projekt abgeschlossen ist. Oder aber leider auf diesem Wege.

Der USB-Stick, den ich dir in den Umschlag getan habe, beinhaltet Fotos von Sofie bis zum heutigen Tag. Ich werde jedes Jahr bis zu deiner Rückkehr einen USB-Stick in einem weiteren Umschlag dazupacken. Du sollst wenigstens Fotos von ihren ersten Jahren haben.

Leo, ich muss dich um etwas sehr Wichtiges bitten:

Lass auf keinen Fall zu, dass Sofie mit meinen Eltern in Kontakt kommt.

Sie werden unsere Tochter von mir aus niemals zu Gesicht bekommen. Sie sind kalt und herzlos.

Meine Kindheit war furchtbar, ein wenig hatte ich dir gegenüber bereits erwähnt.

Meine Eltern haben mich geschlagen und mir in allen möglichen Formen wehgetan, mich nie umarmt, mir nie gesagt, dass sie mich lieb haben oder stolz auf mich sind.

Nichts, absolut gar nichts habe ich diesen Menschen zu sagen und sie sollen niemals eines dieser Gefühle, das ich für sie hege, auch nur in Sofie auslösen.

Ich hasse diese Menschen abgrundtief und will sie nie wieder in meinem Leben haben. Sie wissen nichts von Sofie. Aber wenn ich sterben sollte, werden sie es vermutlich erfahren.

Aus diesem Grund habe ich eine Sorgerechtsverfügung beim Notar hinterlassen. Du stehst dort als erste Person und als ihr Vater drin.

Sofie soll bei dir leben, auf keinen Fall bei meinen Eltern.

Ich habe sie als Sorgeberechtigte ausgeschlossen und hoffe, du verstehst, warum ich den Kontakt zu ihnen unbedingt vermeiden möchte.

Du hast das Recht abzulehnen. In diesem Fall habe ich Mia Hellbrand angegeben.

Mia ist meine engste Vertraute, meine beste Freundin und die Patentante von Sofie.

Ich wünsche mir, dass ihr beide ein Teil von Sofies Leben seid.

Ich danke dir für unsere wundervolle Tochter und weiß, dass du sie genauso lieben wirst wie ich.

In Liebe, Klara.

P.S. Dieser Brief und die Sorgerechtsverfügung können dir dabei helfen, die Vaterschaft anzuerkennen und dich als Sofies Vater eintragen zu lassen.

Niemals hätte ich gedacht, dass ein Brief mir Tränen in die Augen treibt. Klaras Worte berühren mich zutiefst.

Ich bin unendlich traurig.

Nicht nur über Klaras Tod.

Nein, auch darüber, dass sie mich scheinbar absolut nicht gekannt hat. Ich wäre niemals in der Lage gewesen, meine Tochter nicht zu wollen.

Aber ich kann ihr deswegen nicht böse sein. Wir waren nur ein paar Wochen zusammen, woher sollte sie wissen, wie ich über Familie denke. Was ich über eine ungeplante Schwangerschaft gesagt hätte.

Am schlimmsten sind aber die Worte, die sie über ihre eigenen Eltern schreibt.

Ich wusste, sie hatte eine schwere Kindheit, aber zu lesen, was sie erlebt hat, tut mir körperlich weh.

Sofie wird das niemals erleben müssen. Ich werde sie immer schützen.

„Ich verspreche es dir, Klara. Ich werde immer auf Sofie aufpassen und niemals zulassen, dass ihr etwas Schlimmes passiert. Ich werde sie mit meinem Leben beschützen."

Die Worte richte ich ins Leere, keine Ahnung, wie man Toten etwas verspricht. Aber ich musste es laut aussprechen. Auch für mich.

Nele

Der Tag war anstrengend und ich freue mich auf ein Bad. Ich brauche dringend etwas Entspannung, sonst überstehe ich den Abend nicht.

Leo hat geschrieben, dass er zu mir kommt, sobald Sofie schläft. Das gibt mir noch mindestens vier Stunden.

Die Zeit in der Wanne verbringe ich mit meinem E-Book-Reader.

Das Buch, das ich gerade lese, ist spannend. Leider komme ich viel zu selten zum Lesen. Deshalb freue ich mich heute umso mehr darauf und genieße den Moment.

Auf der Suche nach Lana begebe ich mich in Yogapants und Hoodie in die Küche.

Sie steht bereits an der Kücheninsel und schält Gemüse.

„Hey, du bist schon am Vorbereiten. Warte, ich helfe dir."

Ich hole mir einen Gemüseschneider und stelle mich neben sie.

„Du glaubst nicht, was heute passiert ist. Das neue Kind, das in meine Gruppe kommen soll … Erinnerst du dich? Das ist die Tochter von Leo."

„Nicht dein Ernst?", fragt Lana mit weit aufgerissenen Augen.

„O Mann, das Schicksal ist echt nicht dein Freund zurzeit, was?"

„Das dachte ich zu Anfang auch, aber nach dem Gespräch mit Annika sehe ich einiges klarer und vor allem anders."

Lana sieht mich fragend an. „Wie meinst du das? Erzähl, da scheint ja mehr dahinterzustecken."

„Ja, definitiv mehr, als ich mir jemals vorstellen könnte. Das Mädchen ist Halbwaise. Ihre Mama ist vor kurzem gestorben und Leo wusste nichts von ihr. Das heißt, Mia ist nicht die Mutter von Sofie, so wie ich angenommen habe, sondern lediglich ihre Patentante."

„Ach du Schande, das ist ja furchtbar. Aber Moment mal, das bedeutet doch aber auch, dass Leo und Mia vermutlich gar kein Paar sind – Nele! Weißt du, was das bedeutet?"

Lana, die zuerst nachdenklich vor sich hinstarrt, wirkt auf einmal ganz aufgekratzt und wedelt mit ihrem Küchenmesser vor meiner Nase herum.

„Ja, ich weiß, was das bedeutet, aber würdest du mich trotzdem am Leben lassen, damit ich das herausfinden kann?"

Lachend versuche ich, ihren Arm ein Stück von mir wegzudrücken.

Lana hüpft auf und ab und freut sich sichtlich über diese Erkenntnis.

So gerne ich diese Freude auch teilen würde, so bin ich doch weiterhin lieber nicht ganz so euphorisch. Immerhin habe ich Leo weggeschickt nach unserem Kuss. Einem Kuss, über den wir nicht gesprochen haben, der also womöglich nicht einmal etwas zu bedeuten hatte.

„Ich habe Leo vorhin gebeten, sich mit mir zu treffen. Er kommt später vorbei. Wir müssen das klären, ich möchte mich für mein Verhalten entschuldigen. Und dann sollten wir darüber reden, was dieser Kuss zu bedeuten hat."

„Alles klar, ich werde nach dem Essen in meine Wohnung verschwinden. Wenn du mich brauchst, bin ich da, egal welche Uhrzeit. Dann komm einfach rüber."

Ich schicke ihr einen Luftkuss und forme ein Herz mit beiden Händen.

Während wir die Küche aufräumen, erzählt mir Lana von ihren letzten Tagen. In ihrer Kindergartengruppe gibt es eine neue Praktikantin, die ziemlich viele peinliche Momente hat, die für viel Gesprächsstoff bei uns sorgen

Kurz nach 20.30 Uhr klingelt es an der Tür. Ich bin schon die ganze letzte Stunde so aufgeregt gewesen, dass ich es nicht geschafft habe, drei ganze Seiten am Stück zu lesen. Ich musste immer wieder neu ansetzen, sie erneut lesen und weiß trotzdem nicht, was da steht. Meine Aufregung steigert sich um ein Vielfaches. Meine Hände sind ganz schwitzig, das Brausepulver in meinem Bauch blubbert munter vor sich hin und mein Puls gesellt sich fröhlich in Sphären, die mir gänzlich neu sind.

Ich versuche, meine Atmung unter Kontrolle zu bekommen, aber vergeblich. Wenn ich Leo nicht vor der Tür stehen lassen will, sollte ich sie öffnen.

Ein letztes Durchatmen und dann steht er mir auch schon gegenüber.

Leo sieht mich an und in seinen Augen tobt ein Sturm mit einer Menge Unsicherheit. Er senkt kurz den Kopf und reibt sich einmal über seine Narbe. Ja, er ist unsicher, definitiv.

„Na, komm schon rein." Ich greife den Ärmel seiner Jacke und ziehe ihn nach drinnen. Ich laufe Richtung Küche und hoffe einfach, dass er mir folgt.

Am Kühlschrank bleibe ich stehen und hole eine Flasche Wasser heraus.

Leo hängt seine Jacke an einen Stuhl am Esstisch und schlendert zurück zu mir. Kurz bevor er mich erreicht, bleibt er stehen. Seine Arme hängen lieblos neben seinem Körper, die Hände zu Fäusten geballt. Seine Verunsicherung steht ihm ins Gesicht geschrieben.

„Nele, ich … Darf ich dich umarmen?"

Mit dieser Frage habe ich nicht gerechnet und muss trotzdem nicht lange überlegen. Die Wasserflasche kippt fast um, als ich sie auf der Kochinsel abstelle, um die paar Schritte, die uns noch trennen, zu überwinden. Dann falle ich ihm mit einem lauten Seufzer in die Arme.

Ich drücke ihn fest an mich und atme Leos vertrauten Geruch ein. Ich fühle mich so geborgen und sicher in seinen Armen. Es tut so gut, meine Wangen an seiner Brust, seine Hände an meinem Rücken, so als müsste es immer so sein. Selbst nach all der Zeit ist dieses Gefühl nicht verschwunden.

Leo braucht ein paar Sekunden, scheinbar habe ich ihn ordentlich überrumpelt. Dann legt er eine Hand an meinen Hinterkopf und mit dem anderen Arm drückt er mich fest an sich. Er erwidert die Umarmung und lässt mich erneut seufzen.

So stehen wir einige Minuten bewegungslos da. Niemand von uns beiden sagt etwas. Das ist nicht wichtig, denn wir fühlen einander nur.

Es beflügelt mich, nach all den Jahren wieder in Leos Armen zu sein. Es ist schon verrückt, wie man mit so etwas umgeht.

Scheinbar verdrängt man solche Gefühle mit der Zeit. Denn mir war nicht bewusst, wie sehr ich ihn vermisst habe, wie sehr ich mich nach seiner Umarmung gesehnt habe.

„Es tut mir leid, Leo", wispere ich an seiner Brust.

„Was meinst du? Mir tut es nicht leid, ich habe deine Umarmungen unglaublich vermisst."

„Das ist es nicht. Du hast mir gefehlt, es war mir nur nicht bewusst. Entschuldige bitte, dass ich dich letztens so rausgeschmissen habe. Das war eine völlig bescheuerte Kurzschlussreaktion."

Ich schäle mich aus der Umarmung und sehe zu ihm hoch.

„Ich dachte, Mia sei deine Frau oder Freundin und ich habe mich schuldig gefühlt."

Mein Blick schwenkt zwischen seinen Augen hin und her. Die Erkenntnis, die ihn gerade trifft, ist greifbar. Er konnte nicht ahnen, dass ich die beiden als Paar gesehen habe.

„Ich war wütend auf mich und sauer auf dich. Das Letzte, was ich möchte, ist, jemanden zu verletzen. Mir wurde plötzlich klar, dass dieser Kuss völlig falsch ist und wir Mia hintergehen."

Leo nimmt meine Hände in seine und zieht mich wieder zu sich.

„Mia und ich sind kein Paar. Ich habe weder eine Frau noch eine Freundin, so etwas würde ich niemandem antun."

Ich kralle mich in Leos Hoodie und bin einfach nur erleichtert.

„Es tut mir leid, ich habe falsche Schlüsse gezogen. Ich konnte nicht ahnen, was hinter dem Ganzen steht. Wir hätten reden müssen, so wie wir früher geredet haben", murmle ich an Leos Brust.

Seine Hände, die über mein Haar streicheln, bescheren mir eine Gänsehaut. Ich muss mich zusammenreißen, nicht wieder laut zu seufzen.

„Schon, nachdem wir uns an Silvester wieder-gesehen haben, konnte ich nicht aufhören, an dich zu denken. Aber bevor ich mir Gedanken darüber machen konnte, was das zu bedeuten hat und was ich machen soll, kam der Anruf von Mia. Josh und ich sind natürlich danach direkt hingefahren."

Leo zieht mich zum Sofa und bedeutet mir, mich zu setzen. Er nimmt meine Hände und verschränkt unsere Finger ineinander.

„Es ging Schlag auf Schlag mit den Entscheidungen wegen Sofie. Ich möchte sie so unbeschadet wie möglich aus dieser Phase rausholen. Und irgendwie haben sich unsere weiteren Aufeinandertreffen verselbstständigt. Dein Auftauchen an unserer Haustür, das Wiedersehen in der Kanzlei – ich dachte, du und Tom seid ein Paar, und als du gesagt hast, ihr wärt Freunde, der Kuss … Das war alles andere als geplant. Nele, ich –"

Leos Stimme wurde immer leiser.

Das Letzte war nur noch ein Flüstern, wobei er mir tief in die Augen sieht. Einen Augenblick verhaken sich unsere Blicke ineinander. Ich schlucke und habe das Gefühl, mein Mund ist staubtrocken.

Wie in Zeitlupe bewegen wir uns aufeinander zu und verharren, kurz bevor sich unsere Lippen berühren.

Ich schließe die Augen und spüre Leos Atem im Gesicht. Sein Duft vernebelt meine Sinne. Die Wärme, die von ihm ausgeht, versetzt mich unverzüglich in einen Zustand der Geborgenheit.

Viele gemeinsame Erlebnisse von früher, in denen Leo bei mir war, haben mein Bewusstsein geprägt. Mit ihm war ich stets sicher und geborgen, mein Körper fällt automatisch in diesen Zustand des Loslassens.

Ich überwinde die letzten Millimeter und lege meine Lippen auf seine. Vermutlich hat Leo genau darauf gewartet, nachdem ich ihn letztes Mal weggeschickt habe.

Sobald unsere Lippen sich berühren, zieht Leo mich an der Taille näher zu sich. Seine Hand wandert zu meinem Nacken und vertieft somit unseren Kuss.

Er teilt mit seiner Zunge meine Lippen und gleitet sanft hinein. Die Leidenschaft, die von Leo ausgeht, reißt mich schlagartig mit.

Der Kuss ist diesmal nicht sanft und vorsichtig, sondern voller Hingabe. So, als hätten wir beide nur darauf gewartet, uns endlich wieder zu küssen.

Damit wäre die Sache mit der Freundschaft wohl ein für alle Mal geklärt.

Wir sind keine Freunde. Nicht mehr. Wir sind so viel mehr.

Und es fühlt sich verdammt noch mal so unfassbar gut an.

Ich bin da, genau da, wo ich immer schon sein wollte. Nach all den Jahren, nach all den Missverständnissen und all dem Ungeklärten der letzten Wochen fühlt sich das hier einfach nur richtig und gut an.

Leo

Sie zu küssen, ist himmlisch. Nach dem ganzen Durcheinander und dem Stress der letzten Wochen ist es wie ein Wellnesswochenende, sie in meinen Armen zu halten und zu küssen.

Nein, wie ein ganzer Wellnessurlaub. So gut habe ich mich seit langem nicht mehr gefühlt. Ich kann nicht aufhören, sie zu berühren und ihre Nähe zu spüren.

Nele so nah bei mir zu haben, löst ein enormes Glücksgefühl in mir aus.

Die Zeit bleibt stehen, es geht nur noch ums Fühlen.

Ich weiß nicht, wie viel Zeit vergangen ist, bevor wir uns langsam voneinander lösen. Ganz loslassen werde ich sie jedoch auf keinen Fall. Nie wieder.

„Wow", mit glänzenden, rot geküssten Lippen schaut Nele zu mir hoch.

„Ich weiß gar nicht, was ich sagen soll. Ich glaube nicht, dass es Worte dafür gibt", raunt sie.

„Die brauche ich nicht. Dich endlich in meinen Armen zu haben, reicht mir. Ich will nicht, dass es jemals wieder anders ist", flüstere ich.

Ich ziehe sie an meine Brust und lasse mich langsam auf das Sofa sinken. So liegen wir eng aneinandergeschmiegt und hören einfach nur den Herzschlag des anderen.

Nele streichelt zart über meine Brust und hebt langsam den Kopf.

„Ich wünschte, wir könnten ewig so liegen bleiben, aber ich muss morgen leider raus. Die Kinder warten auf mich. Und müde sollte mich wirklich niemand erleben".

Sie kichert und gähnt im nächsten Moment lautstark.

„Sehen wir uns morgen wieder?", frage ich sie hoffnungsvoll, denn ich möchte keinen Tag mehr ohne sie verstreichen lassen.

Das Strahlen, das sich in Neles Gesicht ausbreitet, zeigt mir, wie sehr sich diese Frage gelohnt hat.

„Sehr gerne. Morgen muss ich nur bis 14 Uhr arbeiten. Danach habe ich nichts vor."

„Wenn ich mit Mia geklärt habe, wie ihr morgiger Plan aussieht, schreibe ich dir. Lass dich überraschen. Ich freue mich so sehr und kann es kaum erwarten, dich wieder bei mir zu haben. Und zu küssen." Ich kann den Blick nicht von ihr abwenden, sehe ihr tief in die Augen und senke meine Lippen erneut auf ihre.

Unsere Finger verschlingen sich wie automatisch ineinander und ich ziehe sie enger zu mir. Wir verlieren uns erneut in purer Leidenschaft.

„Ich möchte, dass du weißt, dass ich nicht vorhabe, dich so schnell wieder gehen zu lassen. Die letzten Jahre hat mir immer etwas gefehlt, ohne zu wissen, was."

Nachdem wir es geschafft haben, uns doch noch voneinander zu lösen, gehe ich überglücklich nach Hause.

Nele

Bevor Leo in seine Wohnung geht, dreht er sich in der offenen Tür noch einmal um und sieht zu mir. Ein Lächeln liegt auf seinen Lippen, er hebt die Hand zum Winken und schließt die Tür hinter sich.

Mein Grinsen ist wie angeknipst und lässt sich nicht mehr abschalten. Mein Herz schlägt mir immer noch fest gegen die Brust. Es ist einfach unglaublich, wie dieser Abend ausgegangen ist.

Auf dem Weg ins Badezimmer bemerke ich, dass in der Küche das Licht brennt. Ich bin mir sicher, es vorhin ausgemacht zu haben. Vermutlich ist Lana noch wach.

Als ich die Tür aufmache, grinst sie mich an.

„Na, das scheint ja super gelaufen zu sein, so wie du strahlst. Ich will alles wissen. Komm schon, erzähl", fordert sie mich auf und klopft auf den Stuhl neben sich.

Da ich vermutlich ohnehin nicht schlafen kann, setze ich mich zu ihr. Ob ich ihr jetzt gleich oder morgen erzähle, was zwischen Leo und mir passiert ist, macht keinen großen Unterschied. Na ja, vielleicht doch, denn ich bin so aufgekratzt und voller Emotionen, dass es sicher nicht schadet, sie mit jemandem zu teilen.

„Leo ist eben erst gegangen und ich kann sowieso nicht schlafen."

Meine Wangen brennen und meine Mundwinkel sind wie festgetackert nach oben gebogen. Ich fühle mich so ausgeglichen und doch gleichzeitig so aufgeregt wie schon lange nicht mehr.

Lana füllt mir ein Glas Wasser ein und sieht mich abwartend an.

„Weißt du", beginne ich, „ich hätte nicht gedacht, dass der Abend sich so entwickelt. Aber es war wundervoll. Wir haben die Missverständnisse aus der Welt geschafft und uns sogar geküsst."

Wenn mein Strahlen noch heller wird, mache ich den Sternen Konkurrenz.

Lana quietscht vor Freude und bewegt ihren rechten Arm in Siegerpose auf und ab. „Wohooooo! Ich freue mich ja so. Und wie war der Kuss? Küsst er gut?", hinterfragt sie mit großen Augen.

„Es war der beste Kuss meines ganzen Lebens. Ich hoffe, es war einer von vielen besten Küssen meines Lebens. Morgen sehen wir uns wieder", seufzend lasse ich mich an die Rückenlehne fallen.

„Ich bin so glücklich und kann es immer noch nicht glauben."

Dann schildere ich Lana in allen Einzelheiten, wie der Abend abgelaufen ist.

Während der Arbeitszeit mit den Kindern lasse ich mein Handy in der Handtasche im Erzieherfach. Heute fällt es mir besonders schwer, bis zu meiner Pause abzuwarten und einen Blick darauf zu werfen.

Als ich heute Morgen aufgewacht bin, hatte mir Leo bereits einen schönen Tag gewünscht und wahrscheinlich hatte ich Herzchen in den Augen, als ich unter die Dusche gehüpft bin.

Da ich heute bereits um 7 Uhr anfangen musste, bin ich jetzt um 11 Uhr bereits schrecklich müde. Nicht, dass ich heute Morgen besonders fit gewesen wäre, nachdem ich nur ein paar Stunden Schlaf bekommen habe.

Aber die Vorfreude, Leo heute wiederzusehen, ist so riesig, dass ich die Müdigkeit viel besser ertragen kann.

Eine Tasse Kaffee wird mir jetzt trotzdem guttun. Während der Kaffeeautomat leise vor sich hin brummt, wage ich einen schnellen Blick auf mein Smartphone. Als ich Leos Namen auf dem Bildschirm erkenne, setzt mein Herz gefühlt einen Schlag aus, um anschließend in doppelter Geschwindigkeit loszurasen.

Hey Nele, ich freue mich so sehr auf unser Wiedersehen nachher. Ich hole dich gegen 17 Uhr ab. Zieh dir etwas

Warmes an, wir werden uns draußen aufhalten. Ich hoffe,
meine Überraschung gefällt dir. Kuss, dein Leo

Ich drücke mir das Handy an die Brust und fühle mich gerade wie 15. Über mich selbst schmunzelnd stecke ich das Smartphone wieder in die Tasche und gehe mit dem Kaffee zurück in den Gruppenraum.

Die restlichen drei Stunden vergehen wie im Flug. Mit Kleinkindern hat man kaum Zeit, sich großartig mit anderen Sachen zu beschäftigen. Vor allem, wenn Mittagessen und anschließender Mittagsschlaf anliegen.

Als ich nach Feierabend zuhause ankomme, überlege ich mir, selbst eine Mittagsruhe einzulegen.

Leo holt mich erst gegen 17 Uhr ab, was mir etwas Zeit verschafft, um bis abends wieder fit zu sein. Wenn es später dunkel ist und wir draußen sind, wird es wahrscheinlich noch kälter sein als jetzt. Ich werde also genug Energie brauchen, um nicht zu frieren. Wobei ich natürlich hoffe, dass Leo mich auch ein wenig wärmen wird. Allein beim Gedanken daran wird mir ganz anders. Mein ganzer Körper kribbelt und in meinem Bauch fliegen die Schmetterlinge kreuz und quer. Wenn ich früher an Leo gedacht habe, dachte ich nur ans Küssen. Jetzt allerdings muss ich mich zusammen-reißen.

Bevor meine Gedanken in eine ganz andere Richtung abdriften, stelle ich mir einen Wecker, um später genug Zeit zum Aussuchen passender Kleidung zu haben.

Was war das? Ein Geräusch reißt mich aus dem Schlaf. Verwirrt blicke ich mich um. Es ist stockdunkel und ich brauche einen Moment, um zu bemerken, dass ich im Bett liege. Da – wieder dieses Geräusch. Mein Handy ist es nicht, denn das Display bleibt dunkel.

Ein drittes Mal ertönt das Geräusch, dann springe ich aus dem Bett. Die Klingel! Ein Blick auf meine Armbanduhr zeigt, dass es bereits 17 Uhr ist.

Ich laufe zur Haustür und reiße sie auf. Vor mir steht Leo, der mich amüsiert ansieht.

„Habe ich dich etwa geweckt?", fragt er und kommt mir einen Schritt entgegen.

Zerknirscht nicke ich und schaue zu ihm auf. Mein Blick bleibt an seinen blauen Augen hängen, in denen ich versinke. Mein Herz wummert in meiner Brust. Leo sieht mich unverwandt an, kommt noch einen Schritt näher und zieht mich anschließend ganz nah zu sich.

Sein Blick legt sich auf meine Lippen, als er sich zu mir hinunterbeugt. Mit meinen Händen wandere ich an seinem Rücken nach oben und strecke mich ihm entgegen. Auf Zehenspitzen hebe ich meinen Kopf, woraufhin sich unsere Lippen berühren. Ganz zaghaft und fast ehrfürchtig legt Leo eine Hand an meinen Hinterkopf, die andere an meinen unteren Rücken. Er hält mich fest. Ich spüre ihn überdeutlich an meiner gesamten Vorderseite. Sein Atem beschleunigt sich und meiner folgt ihm unerbittlich.

Sanft streicht er mit seiner Zunge über meine Unterlippe und bittet um Einlass. Meine Lippen öffnen sich von alleine und unsere Zungen tanzen miteinander. Sein Atem schmeckt nach Minze und einem Hauch Zitrone. Meine Finger krallen sich in seine Jacke, ich lehne mich ihm entgegen. Die Gänsehaut, die sich an meinen Armen bildet, zieht sich über meinen gesamten Körper hinweg.

Obwohl es draußen eisig ist, ist mir nicht kalt. Ich spüre Leos Wärme und in meinem Bauch explodiert ein Feuerwerk. Mein Atem wird schneller und ich frage mich, wie lange ich so Luft bekommen kann.

Bevor ich mir diese Frage beantworten kann, beendet Leo den Kuss ganz langsam, ohne sich von mir zu lösen. Er küsst mich sanft auf den Scheitel und lehnt seine Stirn gegen meine.

Immer noch nach Atem ringend frage ich leise: „Möchtest du reinkommen? Mir ist zwar jetzt ganz warm, aber ich glaube nicht, dass ich so rausgehen kann, wenn ich draußen nicht erfrieren will."

„Ja, sehr gerne. Ich habe zwar auch einige Decken und einen warmen Schlafsack dabei, aber du solltest dir trotzdem Thermokleidung anziehen. Es ist nur knapp über null Grad."

„Möchtest du mir jetzt vielleicht verraten, was du vorhast?", versuche ich, ihn zu überreden, mir von seinem Plan zu erzählen.

„Nein, dann wäre es doch keine Überraschung mehr." Ein schelmisches Grinsen zieht sich über Leos gesamtes Gesicht.

„Einen Versuch war es wert. Du kannst dich ins Wohnzimmer setzen. Die nächste Tür rechts. Ich bin gleich zurück."

Ich löse mich aus Leos Umarmung und gehe ins Schlafzimmer.

Die Klamotten hatte ich mir bereits zurechtgelegt, bevor ich eingeschlafen bin. Deswegen dauert es nicht lange, bis ich wieder im Flur stehe. Die Haare binde ich mir locker zusammen, damit sie komplett unter die Bommelmütze passen. Mein langer Wintermantel und die warmen Winterstiefel stehen noch an der Garderobe.

Leo sieht durch die offene Wohnzimmertür zu mir und kommt auf mich zu. Er wartet, bis ich meinen Schal umgebunden und die Handschuhe angezogen habe.

„Selbst komplett verpackt siehst du bezaubernd aus", mit funkelnden Augen betrachtet er mich und küsst mich sanft auf die Wange. Ich fühle das Blut in meinen Kopf steigen und wende verlegen meinen Blick ab, bevor er seine Hand zu mir ausstreckt.

„Bereit?"

„Bereit!"

Vor der Haustür setzt sich Leo einen riesigen Rucksack auf, an dem ein Schlafsack baumelt. Aufgefallen ist er mir vorhin allerdings nicht, was mich aber auch nicht wundert, denn ich war ja noch im Halbschlaf und hatte keine Augen für irgendetwas anderes als Leo.

Wir laufen Hand in Hand durch die Straßen. Selbst in den Handschuhen spüre ich die Wärme, die von Leo ausgeht. Es ist fast wie früher, nur die Berührungen sind neu. Wir reden kaum, sondern genießen einfach nur die Gegenwart des anderen. Mit Leo zu schweigen, war noch nie unangenehm. Wir haben schon damals gerne Zeit miteinander verbracht, in der wir unseren Gedanken nach-hingen.

Mir wird klar, wo Leo hinmöchte, als wir in die nächste Straße einbiegen. Der Basketballplatz ist bereits in Sichtweite.

„Unser alter Treffpunkt. Hierher wolltest du mit mir?"

„Nicht ganz. Lass uns ein Stück weitergehen."

Wir überqueren den Platz und laufen weiter ins Feld hinein. Mittendrin bleibt er mir gegenüber stehen.

Er greift nach meinen Händen, lässt mich keine Sekunde aus den Augen.

„Erinnerst du dich an den Sommertag, an dem wir hier waren? Das Feld war voller wilder Blumen. Du hast ein gelbes Sommerkleid getragen und getanzt", sagt Leo leise. Sein Blick ist intensiv und das Blau seiner Iriden wirkt hier, unter dem Sternenhimmel, dunkler, als es ist.

Mit riesigen Augen sehe ich zu ihm auf. Er erinnert sich an die Farbe meines Kleides von damals?

Natürlich erinnere ich mich an diesen Tag. Es war wunderschön hier und doch zieht mein Herz sich schmerzvoll zusammen bei dem Gedanken an das Gespräch, das wir damals hier führten.

„Ich erinnere mich. Mir war es mal wieder zu laut und ich fragte dich, ob du mit mir ins Feld gehst. Du bist mitgekommen und als ich mich dafür bedankt habe, meintest du, dass Freunde das so machen", gebe ich leise zurück.

„Nele …", sanft legt er seine Hände an meine Wangen, „ich bin mitgekommen, weil ich bei dir sein wollte. Schon damals wünschte ich mir, dich noch viel öfter um mich zu haben. Nicht nur als Freunde."

Sanft beugt er sich zu mir runter, sein Atem kitzelt an meinen Lippen. Ich schmecke ihn bereits, bevor sein zaghafter Kuss meinen Mund trifft. Er zieht mich mit seinen Armen näher an seine Brust. Einige Augenblicke später räuspert er sich und gesteht unsicher:

„Ich war einfach viel zu schüchtern, dir zu gestehen, dass ich nicht nur ein, sondern, *dein* Freund sein wollte. Ich habe das nur so betont in der Hoffnung, irgendein Zeichen von dir zu bekommen, mehr als nur ein Freund für dich zu sein." Er streicht sich mit einer Hand über seine Narbe an der Augenbraue.

Sein Geständnis bringt mich völlig aus der Bahn. Damit habe ich absolut nicht gerechnet. Ich kann nicht verhindern, dass sich Tränen hinter meinen Augenlidern bilden und sich eine davon löst. Leo fängt sie mit einem Finger auf und sieht mich liebevoll an.

„Ich habe mich nicht getraut, dir zu zeigen, wie sehr ich dich mag. Aus Angst, unsere Freundschaft kaputt zu machen. Du warst mir so wichtig, ich wollte dich lieber als Freund bei mir haben, als gar nicht. Mit jedem Mal, wo wir uns gegenseitig die Freundschaft geschworen haben, wurde mein Herz schwerer", gebe ich leise zu. Immer noch lösen sich einzelne Tränen.

„Wir sind jetzt hier, erwachsen und mit einigen Erfahrungen im Gepäck. Wir sind stärker, mutiger und stehen mit zwei Beinen im Leben. Wir waren jung. Ob unsere Beziehung heute noch Bestand hätte, bezweifle ich." Leo küsst jede einzelne Träne weg, bevor er mein Gesicht mit beiden Händen umrahmt.

Er verteilt kleine, sanfte Küsse von der Stirn über die Wange bis hinunter zum Kinn. Seine Lippen sind weich und trotz der eisigen Kälte warm. Mein Puls beschleunigt sich und an den Atemwolken, die aus Leos Mund nach oben schweben, erkennt man, dass auch er schneller atmet. Sein Blick ist auf meine Lippen geheftet. Als ob er spüren würde, dass ich nur auf einen Kuss von ihm warte, verschließt er meinen Mund mit seinem.

Ich lehne mich ihm entgegen und meine Hände wandern an seinen Oberarmen entlang.

Wie sehr habe ich mir diesen Moment schon viel früher gewünscht.

Obwohl ich schon süchtig nach seinen Küssen bin, beende ich ihn vorsichtig und lege meine Stirn an seine Brust.

„Als ich dich an Silvester wiedergesehen habe", beginne ich, während eine Hand seine Oberarme streichelt, „hast du meine Welt wieder komplett aus den Angeln gehoben. Ich wusste einfach nicht, wie ich mit den ganzen Emotionen umgehen soll, die auf mich eingeprasselt sind. All die Jahre haben sie in mir geschlummert und sind an diesem Abend wieder aufgewacht. Es tut mir leid, dass ich einfach weggelaufen bin."

Leos Blick verändert sich. Seine Unsicherheit verschwindet und ein zärtlicher Blick nimmt ihren Platz ein. Seine Augen funkeln mit den Sternen um die Wette und seine Mundwinkel ziehen sich zu einem unwiderstehlichen Lächeln nach oben.

„Nele, du … ich …", seine Augen wandern über mein Gesicht. Er atmet tief durch.

„Warte kurz", er zieht sich die Handschuhe aus und stopft sie in seine Jackentasche.

„Ich will dich spüren, ich muss dich spüren, wenn ich dich jetzt küsse."

Seine Hände umfassen mein Gesicht, im gleichen Moment senkt sich sein Mund und unsere Lippen finden sich.

Diesmal ist der Kuss nicht sanft, sondern fordernd und von einer Leidenschaft geprägt, die mir den Atem raubt. Seine Hand an meiner Wange fühlt sich warm an, während die andere sanft an meinem Rücken liegt. Er schiebt mich näher an seine Brust, so dass kein Blatt mehr zwischen uns passt.

Meine Hände wandern unter seinen Armen hindurch zu seiner Schulter und ich drücke ihn an mich. Wenn ich könnte, würde ich ganz in ihn hineinkrabbeln. Seine Nähe ist das, was ich gerade brauche.

Irgendwann wird mir doch etwas kalt, Leo scheint es zu bemerken, unterbricht den Kuss und tritt einen Schritt zurück.

„Dir ist kalt, du zitterst. Komm her, ich habe uns Decken und einen warmen Schlafsack mitgebracht."

Er zieht eine Plane mit Thermobeschichtung aus seinem Rucksack.

Sie dient als unterste Schicht auf dem eisigen Boden. Darüber breitet er zwei weitere Decken und den warmen Schlafsack aus.

Leo streckt mir seine Hand entgegen und führt mich zum vorbereiteten Platz.

„Hier. Ich hab ein Paar Wollsocken für dich, damit du deine Stiefel ausziehen kannst."

Wow … Er hat sich so unfassbar viele Gedanken gemacht.

Überrascht über die Vorbereitungen, die Leo getroffen hat, setze ich mich, ziehe meine Stiefel aus und die Wollsocken an.

Nachdem ich in den Schlafsack gekrabbelt bin, kommt Leo hinterher und zaubert zwei Becher aus dem Rucksack.

„Möchtest du einen Glühwein trinken?", fragt er auch sogleich und lässt die Flüssigkeit nach einem Nicken meinerseits vorsichtig aus der Thermoskanne in meinen Becher fließen.

„Oh, wow, du hast an alles gedacht. Die Überraschung ist dir wirklich gelungen", freue ich mich aufrichtig.

Nachdem wir ausgetrunken haben, legen wir uns eng aneinandergekuschelt tiefer in den Schlafsack.

Mein Kopf liegt an Leos Schulter, eine Hand auf seiner Brust. Trotz seiner Jacke spüre ich sein Herz kräftig schlagen. Ob unser Herzschlag im Einklang ist?

Trotz der eisigen Kälte friere ich nicht. Einzig meine Nase fühlt sich etwas frostig an. Es ist wunderschön hier draußen. Der Himmel ist klar und voller leuchtender Sterne, vom Straßenverkehr ist überhaupt nichts zu hören. Die einzigen Geräusche, die ich wahrnehme, sind das Rauschen meines Herzschlages und Leos Atem.

„Es ist so friedlich hier. Vielen Dank für diese wunderschöne Überraschung." Ich sehe zu Leo hoch und strecke mich ihm entgegen. Er versteht die Aufforderung und beugt seinen Kopf zu mir runter. Der Kuss, der folgt, ist federleicht und kitzelt.

Lachend ziehe ich meinen Kopf zurück, im selben Moment grummelt mein Magen laut.

Leo stimmt in mein Lachen ein und sagt: „Essen habe ich leider nicht eingepackt. Ich dachte mir, dass es dafür dann doch zu kalt ist. Wollen wir uns vielleicht eine Pizza bestellen? Am besten bei dir, da haben wir ein wenig mehr Privatsphäre", fügt er leise hinzu.

Nele

Die letzten Tage vergingen wie im Flug und ich fühle mich wie auf Wolke 7. Ich schwebe durch den Alltag und spüre eine Leichtigkeit, die ich bisher nicht kannte.

Wenn ich nicht arbeiten muss, verbringe ich viel Zeit mit Leo, mittlerweile auch zusammen mit Sofie. Ich mag sie sehr, denn sie ist eine Strahlemaus und ich bewundere, wie sie mit der Situation umgeht.

Im Kindergarten hat sie sich sehr gut eingelebt. Leo und auch Mia sind für sie da, aber ich merke, dass ihr die Eingewöhnung auch so nicht schwerfällt. Sie entfernt sich immer weiter von ihren Bezugspersonen im Raum und sucht seltener ihre Nähe.

Leo wie auch Mia sitzen in einer Ecke und arbeiten in der Zeit einfach an ihrem Laptop. Sie sind präsent, geben Sofie gleichzeitig Sicherheit und Raum.

Es fällt mir sehr schwer, nicht ständig zu Leo zu schauen, wenn er dabei ist.

Wenn sich unsere Blicke treffen, vergesse ich schnell alles um mich herum. Das geht natürlich nicht, denn ich habe eine große Verantwortung, die ich niemals vernachlässigen würde.

Manchmal frage ich mich, ob man mir ansieht, dass ich mich wieder wie ein Teenager fühle. Vermutlich nicht, aber das Brausepulver in meinem Bauch schäumt immer noch genau so wie damals.

Ob Verliebtsein sich in jedem Alter gleich anfühlt? Ich kann es nicht sagen, denn ich war bisher nur einmal verliebt – in Leo.

Kein Wunder, dass alle anderen Beziehungen, an denen ich mich versucht habe, zum Scheitern verurteilt waren.

Ich habe nie das Gefühl gehabt, mich komplett fallen lassen zu können. Nie empfand ich so tiefe Verbundenheit, so starke Gefühle wie die, die mich mit Leo verbinden. Nicht mal annähernd. Jetzt verstehe ich, warum. Ich war in niemanden von ihnen verliebt.

Mia habe ich bisher leider noch nicht näher kennengelernt. Sie hat aber von Leo erfahren, wie er zu mir steht und woher wir uns kennen. Da kommt mir direkt eine Idee.

Lana ist begeistert, als ich ihr von meinem Plan erzähle, eine kleine Feier bei uns zu organisieren.

Bisher gab es noch keine Gelegenheit, ihr Leo vorzustellen.

Ein Unding, wenn ich bedenke, wie wichtig beide für mich sind.

Sowohl Tom als auch Mia sind neu in der Stadt. Leo ist zurück, mittlerweile mein Freund und die kleine Sofie gehört dazu. Von Josh brauchen wir dann gar nicht reden, er ist schließlich ein Sonntag-Zwilling. Nicht alle kennen sich untereinander, werden aber in Zukunft irgendwie miteinander zu tun haben. Mein Gefühl sagt mir, dass wir als Truppe gut zueinander passen.

Daher dachte ich, alle in einen Raum zu bringen, wäre eine fantastische Idee, damit sie sich besser kennenlernen.

Deshalb stehen Lana und ich am heutigen Sonntagmorgen bereits früh zusammen in der Küche, um

einige Kuchen und Kekse zu backen. Glühwein und Kinderpunsch stehen schon bereit und müssen nachher nur erwärmt werden.

„Welche Kuchen möchtest du backen?", fragt Lana, während sie in einem Backbuch blättert.

„Schokoladenkuchen", kommt es wie aus der Pistole geschossen von mir.

„Kinder lieben Schokoladenkuchen!", füge ich schnell noch grinsend hinzu.

Lana lacht, während sie in der Küche umherwirbelt, um alle nötigen Zutaten zusammenzusuchen.

„Du meinst das eine klitzekleine Kind, das dabei sein wird. Oder das große Kind in dir und mir?", grinsend wiegt sie das Mehl ab.

Schokoladenkuchen backen können wir auswendig, denn nicht nur Kinder lieben den, wir beide auch. Deshalb backen wir ihn auch zu jeder Gelegenheit, die sich uns bietet.

„Den Zitronenkuchen wollte ich auch anrühren und dann die Nusskekse. Wobei, vielleicht lieber keine Nüsse, ich weiß nicht, ob jemand allergisch dagegen ist."

Mit dem Zeigefinger am Mundwinkel überlege ich, welche leckeren Kekse wir backen könnten.

„Ich hab's, vielleicht machen wir Pizzamuffins statt noch mehr Süßkram?"

„Super Idee. So ist hoffentlich für jeden Geschmack etwas dabei."

Mit lauter Musik im Hintergrund bereiten wir singend und tanzend alles für unsere Gäste vor.

Pünktlich um 15 Uhr klingelt es an der Tür.

Mein Puls schnellt sofort nach oben und die Vorfreude, Leo gleich wiederzusehen, lässt die Flattertierchen erwachen. Ich dachte, nachdem wir uns schon öfter gesehen haben, wird sich das mit der Zeit legen. Aber das Gegenteil ist der Fall. Die Schmetterlinge in meinem Bauch tanzen wild umher und mit jedem Mal werden es mehr.

Hinter der geöffneten Eingangstür stehen tatsächlich Leo, Mia und die kleine Sofie.

Als sie mich sieht, strahlt sie über das ganze Gesicht. Es ist schön zu sehen, dass sie mich mag. Wir haben uns in der Zwischenzeit im Kindergarten angefreundet und sie wird mir gegenüber immer offener.

Nachdem ich mich zu ihr auf Augenhöhe gehockt und sie begrüßt habe, bitte ich auch Leo und Mia hinein.

Ein kleines Frösteln zieht über meine Arme und ich habe plötzlich das merkwürdige Gefühl, beobachtet zu werden.

Ich schaue mich um, kann aber niemanden sehen. Vermutlich lag es doch an der Kälte hier draußen.

Wenig später sitzen wir alle zusammen in der großen Küche um den Esstisch.

Sofie hat ein Spiel mitgebracht, das sie nun mit Leo, Josh und Tom spielt.

Mir entgehen natürlich die verstohlenen Blicke nicht, die Lana Josh immer wieder zuwirft. Was das wohl zu bedeuten hat?

Ich gebe Mia zu verstehen, mich zur Küchenzeile zu begleiten, damit wir ein wenig quatschen können, ohne die anderen zu stören.

„Hey Mia, ich hoffe, du fühlst dich hier zwischen uns wohl. Ich meine, du bist völlig selbstlos direkt mit hierher gekommen, um Sofie zu unterstützen. Ich, … ich hoffe, ich trete dir nicht zu nahe, aber ich kann mir vorstellen, dass du deine Freundin sehr vermisst. Oder?"

Die Tränen, die sich in Mias Augen sammeln, bereiten mir direkt ein schlechtes Gewissen und ich wünschte, ich hätte das Thema doch nicht angeschnitten.

„Oh, tut mir leid. Das wollte ich nicht." Ich gehe einen Schritt auf sie zu und obwohl wir uns kaum kennen, habe ich das Bedürfnis, sie einfach zu umarmen.

Ich entscheide mich, meine Arme zu öffnen und einen weiteren Schritt auf sie zuzugehen in der Hoffnung, sie versteht die Geste.

Zu meiner Überraschung kommt sie mir entgegen und lässt sich auf eine Umarmung ein.

„Danke Nele, ich glaube, das habe ich gerade wirklich gebraucht. Seit Klara gestorben ist, fehlt mir meine beste Freundin jeden Tag so sehr. Ich vermisse sie unendlich. Ohne Sofie wäre ich vermutlich in ein tiefes Loch gefallen. Ich liebe sie so sehr, ich muss stark sein, solange sie mich braucht."

Mia löst sich von mir und wischt ihre Tränen mit einem Taschentuch weg.

„Der Gedanke, Sofie zu verlieren, raubt mir fast den Verstand. Sämtliche Emotionen der letzten Zeit, der Umzug, das Zusammenleben mit Leo, den ich kaum kenne, die Frage, wie es für mich weitergehen soll", sie macht eine kurze Pause, bevor sie weiterspricht,

„all das macht es mir derzeit verdammt schwer. Auf der anderen Seite hilft es mir, nicht in Trauer zu versinken. Deshalb bin ich froh, heute hier zu sein. Es tut gut, mal rauszukommen und andere Menschen kennenzulernen. Ich danke dir dafür."

„Du bist bei uns jederzeit herzlich willkommen. Und das meine ich von Herzen. Du bist eine wichtige Bezugsperson für Sofie und wirst immer ein Bindeglied zwischen ihr und Leo bleiben. Vielleicht hast du ja Lust, ab und zu mit mir und Lana etwas zu unternehmen oder auf ein Glas Wein rüberzukommen. Wir können Klara nicht ersetzen. Aber vielleicht lernen wir sie durch deine Erzählungen kennen."

Mias Ausdruck wirkt auf einmal nicht mehr ganz so traurig. Sie sieht erleichtert aus. Als hätte ich ihr mit meinen Worten etwas Ballast von den Schultern genommen.

„Das wäre ganz wunderbar. Ich brauche dringend etwas Ablenkung und einen klaren Kopf, damit ich überlegen kann, wie es weitergehen soll."

Dieses Mal kommt Mia auf mich zu und umarmt mich.

„Ich sollte endlich die Kuchen und die Pizzamuffins auf den Tisch stellen. Ich habe den ganzen Tag auf diesen Moment gewartet, was meinst du?"

„O ja, alleine vom Geruch läuft mir das Wasser im Mund zusammen. Ich helfe dir."

Das Essen und die Getränke finden ihren Platz am großen Esstisch, während die Spieletruppe ihr Spiel beendet und alles wegräumt.

Beim Tischdecken fallen mir gleich zwei Sachen auf.

Lana und Josh werfen sich immer wieder Blicke zu und hoffen scheinbar, von den anderen nicht entdeckt zu werden.

Und der sonst so aufgeweckte, humorvolle Tom wirkt in sich gekehrt und redet kaum. Er ist eher still und sagt nur das Nötigste. Ob er sich unwohl fühlt zwischen all diesen Menschen? Oder mag er jemanden vielleicht nicht?

Später werde ich ihn beiseitenehmen und fragen.

„Alle mal herhören", bitte ich um Aufmerksamkeit, „ich möchte mich bei euch für eure Anwesenheit bedanken. Ihr seid mir alle wichtig und ich fand die Idee schön, alle an einen Tisch zu bringen, damit ihr euch kennenlernt. Ich hoffe, ihr fühlt euch wohl. Und jetzt das Allerwichtigste: Es gibt Kucheeen!"

Das letzte Wort habe ich lauter und langgezogener ausgesprochen und dabei gleichzeitig freudig in die Hände geklatscht.

Der Nachmittag mit meinen Freunden und der kleinen Sofie macht richtig Spaß. Wir lachen, spielen und vor allem essen wir viel.

Zwischendurch verschwinden Leo und ich kurz in meinem Wohnzimmer. Ich vermisse seine starken Arme um mich und möchte mir den ein oder anderen Kuss von ihm stehlen.

„Das war eine wunderbare Idee von dir, Nele. Es war sehr schön heute Nachmittag, auch wenn ich dich mit den anderen teilen musste."

Leo sieht mir tief in die Augen und küsst mich zärtlich. Unsere Zungen tanzen sanft miteinander und für kurze Zeit gibt es nur uns beide. Wir sind in unserer eigenen kleinen Blase, aus der ich ungern wieder herauskomme. Ich spüre die Wärme, die von Leo auf mich übergeht, und seinen Herzschlag an meiner Brust.

Etwas zögerlich drückt sich Leo ein Stück von mir ab.

„Ich glaube, wir müssen so langsam nach Hause. Bevor Sofie völlig überdreht und übermüdet ist, sollte ich sie ins Bett bringen." Zärtlich lehnt er seine Stirn gegen meine.

Wegen Leos Worte an Sofie, ihre Sachen zusammenzusuchen, herrscht plötzlich allgemeine Aufbruchstimmung.

Alle wuseln herum, tragen die Teller und Tassen zur Kücheninsel und machen sich dann auf den Weg zur Garderobe.

Während an der Haustür wilde Umarmungszeremonien herrschen, habe ich wiederum das Gefühl, beobachtet zu werden. Ein Schauer läuft mir über den Rücken. Leo bemerkt es und sieht mich fragend an.

Leise flüstere ich ihm zu: „Ich hatte bereits vorhin so ein seltsames Gefühl, beobachtet zu werden, aber ich sehe niemanden. Wahrscheinlich bin ich einfach übermüdet."

Er sieht sich einmal um und nickt dann.

„Bitte pass auf dich auf und melde dich, wenn etwas sein sollte, was dich beunruhigt."

Er küsst mich noch einmal hauchzart auf den Mund, nimmt seine Tochter auf den Arm und drückt ihr einen Schmatzer auf den Kopf.

Ich möchte ihn nicht beunruhigen, denn für mein komisches Gefühl gibt es überhaupt keinen ersichtlichen Grund. Dort draußen ist niemand zu sehen.

Leo

Langsam, aber sicher werden die Tage länger und die Nächte kürzer. Noch ist der Frühling nicht in Sicht, aber zu wissen, dass wir uns darauf zubewegen, lässt mich beschwingter werden.

Die letzte Zeit war anstrengend, aber Sofie zeigt mir jeden Tag aufs Neue, dass wir alles richtig gemacht haben.

Sie ist fröhlich und aufgeweckt. Nachts wacht sie immer seltener weinend auf. Wir sehen uns viele Fotos von Klara an, über die sie tagsüber oft spricht.

Die Bilder, die Sofie für ihre Mama malt, schicken wir per Post auf ihre Wolke.

Diese Idee kam mir, als ich überlegt habe, wie wir Klara trotz allem in den Alltag integrieren können. Sofie soll nicht das Gefühl haben, dass wir ihre Mama ersetzen oder vergessen. Klara wird immer ein Teil von ihr bleiben.

Vor dem Einschlafen erzähle ich ihr immer wieder die Geschichte von ihrer Mama und mir. Viel haben wir nicht gemeinsam erlebt, aber die Zeit, die wir zusammen hatten, soll Sofie kennen.

Mia ist diese Woche zurück in ihre Heimat gefahren. Die Zeit hier bei uns hat ihr gezeigt, dass sie etwas ändern muss. Ich kann sie gut verstehen. Ehrlich gesagt mag ich sie sehr. Sie kommt gut mit allen hier klar und ich habe das Gefühl, dass es ihr hilft, den Tod ihrer besten Freundin besser zu verarbeiten.

Sofie liebt sie und es wäre eine Katastrophe für beide, wenn sie sich auch noch verlieren würden.

Deshalb bin ich gespannt, welche Richtung Mias Entscheidungen einschlagen werden.

All diese kleinen und großen Veränderungen der letzten Zeit geben mir ein Gefühl von innerlicher Ruhe. Ich hätte niemals gedacht, plötzlich eine Tochter zu haben. Und auch wenn *Mann* meistens einige Monate Zeit hat, sich darauf einzustellen und vorzubereiten, habe ich sehr gut in meine neue Rolle als Vater gefunden.

Dennoch hat es mich eiskalt erwischt. Nicht unbedingt, weil ich eine Tochter habe, sondern weil ich nun alleinerziehend bin und komplett ohne ihre Mutter dastehe. Das ist einfach eine ganz andere Hausnummer. Aber Sofie ist mein größtes Glück.

Die Erkenntnis, es trotz allem geschafft zu haben, diesem Kind ein Zuhause zu geben, in dem es sich entfalten und wohl fühlen kann, erfüllt mich mit Stolz.

Ich meine damit nicht unbedingt die Wohnung, sondern das ganze Dorf, welches ich mit Mias Hilfe um sie herum erschaffen habe. Da sind mittlerweile so viele Menschen, die sie kennen und lieben gelernt hat.

Inmitten dieses schrecklichen Schicksals ist etwas Großartiges entstanden.

„… deshalb sollten wir uns diese Pläne nochmal vornehmen. Was meinst du?", höre ich plötzlich Josh neben mir.

„Äh, entschuldige, ich habe den Anfang verpasst", zerknirscht drehe ich meinen Kopf zu ihm.

„Lass stecken, wir kümmern uns morgen darum. Du wolltest Sofie in 15 Minuten abholen. Ich sehe sie mir in Ruhe nochmal an, damit wir morgen schneller vorankommen."

Dankbar nicke ich meinem Bruder zu.

Heute Morgen wollte Sofie mit Nele zu Fuß zum Kindergarten laufen. Sie war total stolz, dort erzählen zu können, dass sie mit ihrer Erzieherin zusammen in die Gruppe kommen würde.

Nele hatte nichts dagegen und bot an, sie auch wieder mit zurückzubringen, da sie heute ein paar Überstunden abbauen wollte.

Da Mia ein paar Tage ausfällt, nahm ich das Angebot dankbar an.

„Lust auf ein Bierchen später bei mir? Wenn Sofie schläft, könnten wir mal wieder 'ne Runde zocken. Ist schon ewig her. Ich hab mir letztens ein neues Spiel gekauft und noch nicht ausprobiert. Wird höchste Zeit."

Auch wenn wir uns täglich sehen, dann immer nur zum Arbeiten. Es wird Zeit, dass die Sonntag-Zwillinge mal wieder einfach nur Brüder sind.

„Die beste Idee seit langem. Bin dabei. Ich komm später rum. Stell das Bier schon mal kalt."

20 Minuten später biege ich in unsere Straße ein und sehe ein grünes Auto mit fremdem Kennzeichen, das direkt auf der Auffahrt zu Neles Haus steht.

Direkt davor ein Mann und eine Frau, deren Gesichter ich nicht sehe, da sie mir den Rücken zuwenden. Die Frau wedelt hektisch mit ihren Händen vor ihrer Brust, während der Mann mit hochrotem Kopf einen Fuß aufstampft. Das Gebrüll der beiden ist nicht zu überhören, aber trotzdem nicht zu verstehen.

Vor der Haustür steht eine völlig aufgelöste Nele mit der schluchzenden Sofie im Arm. Ihr kleiner Oberkörper bebt deutlich an Neles Brust.

Einen Arm hat sie schützend um den Kopf meiner Tochter gelegt, so als würde sie versuchen, ihr die Ohren zuzuhalten, damit sie dieses Gebrüll nicht hören muss.

Ich trete stärker in die Pedale und fahre direkt auf die Haustür zu. Das Rad lasse ich förmlich fallen und schließe die beiden wichtigsten Frauen in meinem Leben fest in die Arme. Schützend lege nun ich meine Arme um sie und drehe den Kopf in die Richtung der beiden Furien.

Nele

Erschöpft und gleichzeitig erleichtert lasse ich mich an Leos Brust sinken. Sein leicht herber Duft mit einem Hauch von Bergamotte beruhigt mich augenblicklich. Mein Zittern wird weniger, auch Sofie scheint ihren Papa wahrzunehmen.

Ich streichle ihr vorsichtig über den Rücken und als sie den Kopf hebt und Leo ansieht, gebe ich sie frei, damit er sie übernehmen kann. Ihre Körpersprache hat mir mit winzigen Signalen deutlich gemacht, dass sie ihn jetzt braucht.

Nicht, dass es mich wundern würde, denn nach dem, was hier in den letzten zehn Minuten passiert ist, würde ich am liebsten die Tür hinter mir zuziehen, um mich zu verkriechen.

Bevor ich auch nur einen Ton von mir geben kann, geht das Gebrüll wieder los.

Die Ankunft von Leo hat ihnen wohl kurzzeitig die Sprache verschlagen. So, wie sie ihre Augen aufreißen und ihn jetzt ansehen, habe ich Sorge um Sofie. Das wird übel. Eigentlich möchte ich nicht, dass sie das miterleben muss. Aber sie ist nicht mein Kind. Ich weiß nicht, wie ich reagieren soll.

Eine reife Tomate ist nichts gegen die Farbe im Gesicht von Sofies Großvater. Die Mine von Klaras Mutter – wie ich mittlerweile herausgefunden habe – ist kalt. Aus ihren Augen schießen Eisblitze in unsere Richtung. Inzwischen hat sie ihre Arme vor der Brust verschränkt, statt hektisch damit umherzuwedeln.

Leo ignoriert die beiden und bittet mich mit festem Ton: „Geh mit Sofie rein. Ruf Josh an und sag ihm, er soll sofort herfahren und direkt zu dir gehen."

Dankbar über diesen Vorschlag schnappe ich mir Sofie und laufe schnellen Schrittes ins Haus.

Mit der Kleinen auf dem Arm gehe ich ins Wohnzimmer und wähle Joshs Nummer. Nach zweimal Klingeln geht er bereits ran. Er erkennt die Dringlichkeit ohne viele Worte und legt auf, bevor ich mich verabschiedet habe.

„Du, Sofie, magst du Schokoladeneis?", frage ich übertrieben fröhlich, um die Stimmung aufzulockern und sie abzulenken.

Das zusammengekauerte kleine Mädchen wächst ganz plötzlich um ein paar Zentimeter. Ich wische ihr die Tränchen aus dem Gesicht und warte auf ihre Antwort.

„Schokolade und Tistazie!", entgegnet sie und ihre Augen beginnen wieder zu strahlen.

„Klingt perfekt! Wollen wir mal im Tiefkühl-schrank nachsehen, welche Eissorten wir finden und uns einen riesigen Eisbecher zusammen-stellen? Wir können auch Sahne und Streusel drüberkippen", schlage ich vor.

Sie springt von meinem Schoß und hüpft vor mir auf und ab.

Als wir gerade vor dem Tiefkühler stehen, bemerke ich Josh hinter mir.

„Hey Motte, wolltest du etwa Eis ohne deinen Lieblingsonkel essen?", fragt er und wuschelt Sofie über ihre Locken.

Meine Lippen formen ein tonloses „danke". Ich bin ehrlich erleichtert, ihn hier zu haben. Die letzten Minuten haben mir jegliche Energie geraubt.

Josh nimmt mich in den Arm und flüstert:

„Wenn du magst, übernehme ich, damit du dich sammeln kannst. Du siehst fertig aus, nichts für ungut."

„Das wäre wirklich toll, Lana müsste auch jeden Moment kommen. Ansonsten findest du alles, was ihr braucht, in diesem Schrank." Ich deute mit dem Finger darauf und hocke mich neben Sofie, damit ich ihr erklären kann, dass ich bald zurück bin.

Das warme Wasser prasselt an mir entlang und ich entspanne mich allmählich wieder ein wenig.

Mich gruselt es immer noch beim Gedanken an diese Begegnung. Sie hat mich völlig aus der Bahn geworfen.

Ich habe es mir also doch nicht eingebildet, beobachtet zu werden. Diese Erkenntnis beruhigt mich aber leider keineswegs. Im Gegenteil, sie macht mich schwach und ich fühle mich unwohl.

Dass fremde Menschen uns seit Tagen auf Schritt und Tritt verfolgen und mich genauestens beobachtet haben, ist angsteinflößend.

Es ist nicht so, als hätte ich etwas zu verbergen, aber dieses Gefühl des Ausgeliefertseins macht mir Angst. Es jagt mir einen Schauer nach dem anderen über den gesamten Körper.

Ständig habe ich Blicke auf mir gespürt und mir Gründe dafür eingeredet, weshalb ich so fühle.

Ich habe mein Bauchgefühl verdrängt, obwohl es mich bisher nie im Stich gelassen hat. Ich habe mir selbst nicht mehr vertraut und das gibt mir zu denken.

Das alleine ist aber nicht der Grund für meinen Zustand. Es sind die Worte von Sofies Großeltern, ihre Wut und ihr Ärger, den sie ungefiltert an mir ausgelassen haben. Haben Sie recht?

Während das Wasser weiter meine verspannten Muskeln besänftigt, lasse ich den Gedanken freien Lauf.

Mit Sofie dauert der Rückweg, wie schon der Hinweg, vom Kindergarten fast dreimal so lange. Damit habe ich gerechnet, schließlich arbeite ich jeden Tag mit den Zwergen und kenne ihre Neugier, mit der sie unsere Welt erkunden.

Kinder entdecken ständig etwas Neues. Sie nehmen alles Mögliche auf, wovor wir die Augen verschließen.

Natürlich ist das okay, unsere Tage müssten sonst vermutlich doppelt so lang sein. Kinder nehmen sich diese Zeit und ich liebe es, sie mit ihnen zu erleben.

Wieder einmal fühle ich mich beobachtet und als wir diesmal an meinem Haus ankommen, bemerke ich das grüne Auto, das an uns vorbei auf meine Auffahrt fährt und hält. Zügig gehe ich Richtung Haus.

Sofie und ich sind bereits an der Haustür angelangt, als ein mir fremder Mann und eine mir ebenfalls unbekannte Frau aussteigen. Lautstark schließen sie die Türen, gehen um das Auto herum und bleiben davor stehen.

Schützend schiebe ich Sofie hinter meine Beine, da mir der eisige Blick der Frau nicht entgeht.

Sie wirft ihre Hände in die Luft und schreit mich direkt an.

„Was glauben Sie eigentlich, wer Sie sind? Was denken Sie sich dabei? Das arme völlig traumatisierte Kind hat gerade seine Mutter verloren und Sie laufen hier fröhlich vergnügt durch die Gegend und tun so, als könnten Sie meine Klara ersetzen. Sie haben keinerlei Anspruch auf Sofie."

Ich reiße meine Augen auf, als mir klar wird, wer hier vor mir steht.

Klaras Vater, schlussfolgere ich, schnaubt mit hochrotem Kopf und schießt wütende Blicke in meine Richtung.

Sofie beginnt zu schluchzen und krallt sich an mein Bein. Blitzartig ziehe ich sie hinter mir hervor und drücke sie an meine Brust. Einen Arm lege ich um ihre

Ohren in der Hoffnung, dass ich sie vor diesem Geschrei bewahren kann.

Frau Nowak macht zwei Schritte auf uns zu, bevor sie von ihrem Mann zurückgehalten wird.

Im ersten Moment bin ich dankbar dafür, bis er ebenfalls losbrüllt:

„Lass es, Adelheid, mach dir bloß nicht die Finger an der schmutzig. Sie wird noch früh genug merken, dass sie einen großen Fehler begangen hat. Wir haben genug gesehen. Wir haben alles gesehen, was hier in letzter Zeit passiert ist."

„Nein, Heinrich, Sofie gehört zu ihren Großeltern. Nicht zu einem dahergelaufenen Mann, der sich von heute auf morgen als Vater ausgibt und dann auch noch eine fremde Frau als neue Mutter auserkoren hat. Ständig muss unsere Kleine sich mit neuen Leuten, die sie nicht kennt, auseinandersetzen. Guck sie dir doch an, sie ist völlig traumatisiert. Ich hab's dir gesagt", kreischt sie stetig lauter.

Bisher habe ich immer noch keinen Ton gesagt, denn sie haben mich völlig überrumpelt.

Während ich noch darüber nachdenke, wie ich darauf reagieren kann, ohne etwas Falsches zu sagen, ist Leo da.

Er umschließt uns beide mit seinen Armen und augenblicklich fühle ich mich besser.

Er ist da! Er gibt mir, nein uns, den Halt, den wir gerade brauchen.

Was, wenn die Eltern von Klara recht haben? Was, wenn ich alles falsch mache? Ich bin nicht ihre

Mutter, ich sollte keine Rolle in ihrem Leben spielen.

Vermutlich haben wir sie komplett überfordert. Nur weil ich auf einmal denke, ich habe das Recht auf einen Platz in Leos Leben. Meinetwegen kamen noch weitere fremde Menschen hinzu.

Leo hat eine Verantwortung zu tragen, er muss sich auf Sofie konzentrieren und nicht auf seine neue Beziehung.

Wenn er das Sorgerecht entzogen bekommt, ist es meine Schuld. Das darf nicht passieren.

Mein Herz verkrampft sich beim Gedanken, der mir kommt.

Der Zeitpunkt von einem „wir" ist denkbar schlecht.

Die Tränen laufen mir unaufhaltsam über das Gesicht.

Ich stelle die Dusche ab und ziehe mir meinen Bademantel an.

Schluchzend lege ich mich auf's Bett und ziehe die Knie an mein Kinn. Ich kann nicht aufhören zu weinen und bemerke nicht, wie sich die Tür zum Schlafzimmer leise öffnet.

Die Matratze neben mir gibt nach und die Bergamotte-Note, die ich wahrnehme, lässt mich erkennen, dass es sich um Leo handelt.

Er streichelt mir besänftigend über den Rücken und murmelt leise Worte vor sich hin. Trotz meiner Erkenntnis von vorhin lasse ich zu, dass er mich auf seinen Schoß zieht und an seine Brust drückt.

Leo

Nele ist eingeschlafen. Es hat mir das Herz gebrochen, sie so zu sehen. Sie hat gezittert und geweint, bis sie vor Erschöpfung eingeschlafen ist.

Ich bin so wütend auf Klaras Eltern. Sie haben mir bei der Beerdigung mitten auf dem Friedhof schon unmissverständlich zu verstehen gegeben, dass sie mit der Situation nicht einverstanden sind.

Ihr Gebrüll war damals schon peinlich, aber das heute und hier hat dem Fass den Boden ausgeschlagen.

Durch Klaras Brief, die Situation am Friedhof und Aktion von heute bin ich nicht mehr gewillt, die Füße stillzuhalten. Ich muss handeln. Sie dürfen Sofie nicht noch einmal zu nahe kommen. Keine Ahnung, wie sie mich gefunden haben, aber damit habe ich nicht gerechnet.

Gut, dass ich mir schon einen Anwalt gesucht habe. Ich glaube, es wird Zeit, weitere Schritte einzuleiten.

Heute Abend werde ich Tom anrufen und mit ihm reden. Hin- und hergerissen darüber, was ich jetzt tun soll, kommt mir plötzlich eine Idee. Nele braucht mich, aber ich muss auch für Sofie da sein. Ich kann sie jetzt nicht Josh überlassen.

Deshalb zücke ich mein Smartphone und tippe eine Nachricht:

Hey Lana, tut mir leid, wenn ich störe. Ich brauche deine Hilfe. Nele ist völlig aufgelöst. Ich möchte sie ungern alleine lassen, aber ich muss mich um Sofie kümmern. Könntest du rüberkommen und bei ihr bleiben?

Die Antwort kommt binnen Sekunden:

„Komme sofort, bin gleich da."

Innerhalb weniger Minuten erscheint Lana im Schlafzimmer: in der Hand ein Tablett mit allerhand Knabberkram und einer Kanne Tee mit zwei Tassen.

Sie stellt alles auf dem Nachttisch ab und flüstert:

„Ich hole noch meinen Laptop und meine Sachen für die Nacht, dann löse ich dich ab."

Dankbar darüber, dass Lana mitgedacht hat und die Nacht über bei Nele bleiben wird, verlasse ich kurze Zeit später ihr Schlafzimmer.

Josh hat inzwischen die Küche wieder auf Vordermann gebracht.

Mit Sofie und meinem Bruder im Schlepptau gehen wir wenig später rüber in meine Wohnung.

Sofie hat so viel Eis gegessen, dass sie gar nichts mehr zum Abendbrot möchte.

Wir putzen die Zähne und ziehen den Schlafanzug an. Als ich sie in ihr Schlafzimmer bringen will, schüttelt sie energisch den Kopf.

„Fie Papa schlafen!"

Sie zeigt mit dem Finger auf mein Schlafzimmer und schmiegt sich fest an meine Brust.

Mein Herz geht auf und ich drücke sie noch enger an mich. Nach so einem Tag würde ich auch nicht alleine schlafen wollen, denke ich und bin glücklich, dass Sofie für sich selbst einsteht und sagt, was sie sich wünscht.

„Ich bin stolz auf dich, kleine Biene. Schön, dass du mir deine Wünsche mitteilst. Wollen wir noch deine Mamapuppe holen?"

Sie nickt energisch, nimmt mein Gesicht zwischen ihre winzigen Hände und drückt mir einen Schmatzer auf die Wange.

Ich kann nicht anders, als sie mit all meiner Liebe, die ich für sie empfinde, zu überschütten.

„Ich liebe dich so sehr, meine süße Sofie. Ich werde immer für dich da sein, immer. Das darfst du niemals vergessen".

Als sie eng an mich gekuschelt in meinem Bett liegt, versuche ich mit ihr über das Zusammen-treffen von vorhin zu sprechen. Da ich keine Ahnung habe, wie viel sie gehört und verstanden hat, versuche ich so nah wie möglich an der Wahrheit zu bleiben.

„Erinnerst du dich an den Mann und die Frau, die vorhin so laut waren? Das sind Mama und Papa von deiner Mama. Also deine Oma und dein Opa. Sie sind auch sehr, sehr traurig darüber, dass deine Mama gestorben ist."

Ich warte kurz und beobachte Sofie genau. Sie sieht mich mit ihren großen Kulleraugen an und nickt.

„Manchmal, wenn man traurig ist, sagt man doofe Sachen, obwohl man die eigentlich gar nicht sagen sollte. Ich glaube, sie wollten gar nicht, dass du Angst bekommst oder traurig wirst. Sie wussten es nur nicht besser. Meinst du, du kannst trotzdem schlafen?"

Sofie nickt und antwortet: „Fie Papa Bett. Gute Nacht."

Dann kuschelt sie sich wieder an mich und legt ihre kleine Hand auf meine Brust.

Dieser Moment, wenn du spürst, wie so ein kleiner warmer Körper neben dir langsam schwerer und der Atem regelmäßiger wird, ist pures Glück.

Zu erleben, wie so ein kleines Wesen dir so sehr vertraut, dass es neben dir einschläft und selig schlummert. Ja, das muss Glück sein.

Wenig später kehre ich zu Josh ins Wohnzimmer zurück.

Er hat uns ein paar Brote geschmiert und zusammen mit einem Bier auf den Tisch gestellt.

„Ich dachte mir, du verträgst sicher auch 'ne Kleinigkeit, bevor wir zum Bier übergehen und du mir erzählst, was heute hier los war."

„Alter, die haben doch den Schuss nicht gehört!", sagt Josh aufgebracht, nachdem ich ihm die ganze Geschichte von meiner Seite aus erzählt habe.

Was sie genau zu Nele gesagt haben, werde ich erst wissen, wenn wir miteinander gesprochen haben. Vorhin wollte ich sie damit nicht noch einmal konfrontieren, sie war eh schon so fertig.

Mir hat es gereicht, ihre Körpersprache zu sehen. Da ich wusste, um wen es sich bei den beiden handelt, war es nicht schwer zu erahnen, worum es bei ihrem Gebrüll ging.

Ihre Worte an mich waren deutlich:

„Glaub ja nicht, dass du damit durchkommst. Sofie gehört zu ihren Großeltern und nicht zu wildfremden Menschen, die absolut nichts mit ihr zu tun haben. Diese Frau da … das ist doch … Wir lassen uns das nicht bieten. Das wird ein Nachspiel haben, das kannst du mir glauben."

Weiter lasse ich sie nicht sprechen.

Ich strecke ihr meine Hand entgegen, die deutlich STOPP signalisiert.

Wie eine Furie fuchtelt die Mutter von Klara mit ihren Händen vor mir herum.

Nicht mal einen Anstandsabstand hält sie ein. Mit ihrem Gefuchtel kommt sie mir immer näher.

Ich trete einen Schritt zurück, richte mich auf und straffe meine Schultern. Es kostet mich jegliche Selbstbeherrschung, jetzt freundlich zu bleiben. Aber ich mache es für Sofie, das gibt mir Kraft.

„Frau Nowak, ich glaube, wir sind uns nicht vorgestellt worden. Mein Name ist Leo Sonntag, ich bin der Vater von Sofie. Soweit ich informiert bin, sind Sie beide …", ich deute auf ihren Mann und sie selbst, bevor ich weiterspreche, „… der kleinen Sofie, also ihrer Enkeltochter, nicht bekannter, als ich es war, bevor sie zu mir kam."

Mit einem fragenden Blick in deren Richtung gehe ich einen weiteren Schritt auf Abstand.

„Bevor die Sache hier weiter eskaliert, bitte ich Sie freundlichst, das Grundstück meiner Lebensgefährtin zu verlassen, es nie wieder zu betreten und uns nicht weiter zu belästigen. Sofie ist meine Tochter. Sie lebt bei mir und ich habe das Sorgerecht. Sie haben hier nichts verloren. Vor allem aber sind Sie absolut nicht erwünscht. Weder von mir noch hat ihre Tochter gewollt, dass Sie Sofie zu nahe kommen. Ich hoffe, ich habe mich klar genug ausgedrückt. Auf Wiedersehen."

Mit diesen Worten drehe ich mich um und gehe ins Haus, bevor die beiden auch nur ein Wort sagen können.

Mir fällt auf, dass ich auf Joshs Aussage bisher nicht reagiert habe.

„Nein, haben sie scheinbar nicht. Vermutlich können sie Klaras Tod auf ihre völlig verquere Art nicht verkraften. Aber in Klaras Brief an mich steht sehr deutlich, was sie von ihren Eltern hielt. Und vor allem, dass sie absolut keinen Kontakt zwischen ihnen und Sofie wünscht. Und das kann ich nachvollziehen. Sie werden niemals mehr auch nur in die Nähe von Sofie kommen. Das werde ich unter allen Umständen verhindern und alles dafür tun."

Ich nehme einen Schluck von meinem Bier und greife nach dem Handy.

„Deshalb rufe ich jetzt Tom an. Ich muss ihm berichten, was vorgefallen ist und ihn um Rat fragen. Ich hoffe, er ist mir nicht böse, dass ich um diese Zeit anrufe. Ansonsten mache ich einen Termin mit ihm für die nächsten Tage."

Tom ist alles andere als sauer. Er bietet an vorbeizukommen, damit wir als Freunde darüber sprechen können, was zu tun ist, wofür ich ihm sehr dankbar bin.

Seit unserem Zusammentreffen bei Nele in der Küche haben wir das ein oder andere Mal getextet. Ich mag ihn als Mensch echt gerne, würde aber nicht erwarten, dass er deshalb in seiner Freizeit professionelle Ratschläge geben muss.

In der Zwischenzeit bauen Josh und ich die Konsole auf. Hoffentlich bleibt nachher ein wenig Zeit, um zu dritt eine Runde zu zocken.

Als Tom die Wohnung betritt, begrüßt er uns beide mit einer Männerumarmung und hebt ein Sixpack Bier hoch.

„Ich dachte, das könnten wir eventuell ge-brauchen. Es hat sich dringend angehört", fährt er zögernd fort und sieht sich gleichzeitig suchend um.

„Ich wusste allerdings nicht, ob Mia auch Bier trinkt."

„Danke Mann. Setz dich. Mia ist nicht hier, sie ist nach Hause gefahren."

Kurz habe ich das Gefühl, Enttäuschung in Toms Augen aufblitzen zu sehen, aber warum?

„Brauchst du etwas von Mia? Oder warum fragst du?"

Tom schüttelt den Kopf.

„Nein, nein, alles gut, ich hatte nur Sorge, sie mag eventuell kein Bier. Aber so ist es ja dann eh egal."

Er kratzt sich am Kopf.

„Kommt sie denn wieder?"

Aha, es geht also doch nicht bloß um das Bier.

Amüsiert klopfe ich ihm auf die Schulter.

„Keine Sorge, sie hat uns alle in ihr Herz geschlossen und kommt wieder."

Tom murmelt irgendetwas Unverständliches vor sich hin.

Ich gehe nicht näher darauf ein. Gerade ist es mir einfach wichtiger zu planen, was ich gegen Sofies Großeltern unternehmen kann.

Nele

Hämmernde Kopfschmerzen wecken mich. Lana sitzt neben mir auf dem Bett und arbeitet an ihrem Laptop.

Als sie mein Aufwachen bemerkt, legt sie ihn beiseite und dreht sich zu mir.

„Hey, wie geht es dir? Kann ich dir was Gutes tun? Soll ich Kaffee machen?"

„Guten Morgen. Wie spät ist es? Ich brauche eine Kopfschmerztablette und Kaffee, ja, bitte."

„Es ist 8.30 Uhr, mach dir keine Sorgen, ich habe mit Annika telefoniert. Du bist heute krankgemeldet und ich starte erst um 11 Uhr. Es ist alles geregelt. Ich hole dir einen Kaffee."

Wenig später kommt Lana mit einer großen Tasse Kaffee, einer Kopfschmerztablette und einem belegten Brötchen zurück. Sie stellt alles auf meinem Nachttisch ab und setzt sich dann wieder neben mich.

„Was war gestern los? Sofie wirkte so traurig, Josh konnte mir allerdings nicht sagen, was passiert ist. Wir haben sie mit Eis und Schlagsahne abgelenkt. So viel Eis habe ich seit Ewigkeiten nicht mehr gegessen."

Nachdem ich die Kopfschmerztablette mit einem Schluck Kaffee runtergewürgt habe, erzähle ich meiner besten Freundin, was gestern vor unserer Tür vorgefallen ist.

Ihre Augen werden immer größer und der Ausdruck darin wirkt erschüttert.

Als ich am Ende meiner Berichterstattung ankomme, nimmt sie mich ohne Vorwarnung in den Arm.

„Das ist ja schrecklich! Was denken sich diese Leute nur?"

Ich reibe mir meine Schläfen und möchte eigentlich nur weiterschlafen. Ich fühle mich immer noch ausgelaugt.

Lana registriert meinen Gemütszustand sofort.

„Es tut mir leid. Du siehst aus, als könntest du mehr Schlaf gebrauchen. Schreib mir, wenn ich etwas für dich tun kann. Ich lasse dich jetzt alleine. Außer du möchtest, dass ich bleibe?"

Sie sieht mich fragend an.

„Danke Lana, ich schlafe eine Runde und vielleicht gehe ich danach ein wenig spazieren. Frische Luft hilft beim Nachdenken."

Leo

Sofie hat die Nacht durchgeschlafen. Es gab absolut keine Probleme.

Heute Morgen hat sie, wie immer in letzter Zeit, ihre Mamapuppe in ihren Kindergartenrucksack gesteckt und wollte gleich los.

Im Kindergarten angekommen zieht sie ihre Puschen an und läuft zu ihrer Freundin. Mir gefällt, wie sie anfängt, selbst Freundschaften zu schließen. Sie hat sogar den Wunsch geäußert, öfter in den Kindergarten zu gehen, damit sie mehr Zeit mit ihren Freunden verbringen kann.

Wir werden die Vormittage also von zwei auf vier erhöhen, selbstverständlich in Absprache mit Frau Nielsen. Ich möchte sie jedoch auf keinen Fall überfordern und erhöhe daher die Betreuungszeit noch nicht.

So kann ich also den Morgen damit verbringen, die Projekte, die im Büro anliegen, mit Josh durchzugehen.

Als kurz vor 11 Uhr meine Textnachricht an Nele immer noch nicht beantwortet ist, fange ich an, mir Gedanken zu machen. Ihre Kollegin sagte mir, dass sie heute nicht da ist.

Wenn sie also frei hat, kann sie theoretisch auch öfter auf ihr Handy schauen. Warum schreibt sie dann nicht zurück?

Kurzerhand schreibe ich ihr eine weitere Nachricht:

Hey, ist bei dir alles in Ordnung? Ich vermisse dich. Kuss, Leo

Das Handy stecke ich mir wieder in meine Hosentasche, damit ich nicht in Versuchung gerate, alle drei Sekunden nachzusehen, ob sie schon geantwortet hat. Was sowieso völliger Blödsinn ist, denn durch die Vibration werde ich es schon mitbekommen.

Der restliche Morgen verfliegt und bevor ich mich umsehe, muss ich meine Tochter wieder abholen. Das Programm heute ist minutiös durchgeplant.

Sofie und ich wollen gleich Pfannkuchen backen, danach bringe ich sie ein paar Stunden zu meiner Mama, damit ich meinen Plan bezüglich Klaras Eltern umsetzen kann.

Sofie liebt meine Eltern mittlerweile abgöttisch. Kein Wunder, denn sie wird von ihnen komplett verwöhnt. So wie es sich als Enkeltochter gehört, genießt sie dies in vollen Zügen. Und ich – ich liebe es.

Mama und Papa verwöhnen nicht mit materiellen Dingen, sondern mit Liebe, Zuwendung und Zeit.

Das sind wunderbare Geschenke. Für heute haben sie geplant, mit ihr Steine zu sammeln, um sie danach bunt anzumalen.

Später sollen sie als Dekoration bei den Blumen im Vorgarten dienen. Es ist ein wunderbares Projekt zwischen Sofie und ihren Großeltern, Blumen zu sähen, aufzuziehen und, wenn es so weit ist, im Garten einzupflanzen.

Der Gedanke daran lässt mich lächeln.

Auf dem Weg von meinen Eltern zur Polizei-wache, wo ich eine Anzeige gegen Klaras Eltern erstatten möchte, versuche ich erneut, Nele zu erreichen.

Sie hat sich immer noch nicht gemeldet und geht auch nicht an ihr Telefon. Es macht mich mittlerweile nicht mehr nur nervös, sondern ich mache mir wirklich Sorgen.

Der Verkehr ist zäh, die Ampel vor mir schon wieder rot. Ich trommele mit meinen Fingern auf dem Lenkrad herum und schiele zum Smartphone auf dem Beifahrersitz.

Fahrig reibe ich mir übers Gesicht und versuche, das Handy zu ignorieren und mich aufs Auto-fahren zu konzentrieren. Es muss einen guten Grund für ihr Verhalten geben, den ich nachher unbedingt herausfinden muss.

Zurück am Auto fällt mein Blick als Erstes direkt auf das Display, das immer noch keine Nachricht von Nele anzeigt.

Es ist zum Verrücktwerden.

Sobald ich mit Sofie wieder an unserer Woh-nung bin, laufen wir rüber zu Neles Haus.

Nach dem zweiten Klingeln höre ich schlur-fende Schritte. Die Haustür öffnet sich und ich … erschrecke.

Nele ist leichenblass mit rot unterlaufenen Augen und statt Kleidung trägt sie einen Pyjama. Ihre Haare sind in einem unordentlichen Knoten am Hinterkopf zusammengebunden, wobei unzählige Strähnen schon herausgefallen sind und wirr umherstehen. Sie wirkt traurig und als hätte sie die ganze Zeit geweint.

„Leo …", flüstert sie und erstarrt. Sie wirkt, als hätte sie nicht mit mir gerechnet.

Ich erhole mich von meinem Schreck und will auf sie zugehen, doch sie weicht zurück.

„Nicht … du … Leo, es tut mir leid", stammelt sie, bevor sie sich räuspert und fortfährt:

„Hör zu, ich habe nachgedacht. Wir sollten uns vorerst nicht mehr sehen. Glaub mir, es ist besser so."

Mit jedem Wort wurde ihre Stimme leiser, ihr Blick trauriger und verzweifelter. Vielleicht bilde ich mir das auch nur ein. Ihre Worte waren deutlich hörbar, aber mein Verstand weigert sich, sie anzunehmen. Ich stehe immer noch wie angewurzelt, mit Sofie an meiner Hand, vor ihrer Haustür und kann mich nicht bewegen.

Nele schenkt mir einen letzten Blick und schließt dann die Tür leise hinter sich.

Was zum Teufel ist da eben passiert? Hat sie unsere Beziehung gerade beendet? Warum ist sie der Meinung, es sei besser so?

Ich kann keinen klaren Gedanken fassen und wäre da nicht Sofie, würde ich vermutlich noch weiter in meiner Starre bleiben.

Doch Sofie zupft an meiner Hand und sieht mich fragend an.

„Papa?"

Sie holt mich ins Hier und Jetzt zurück.

Verwirrt und immer noch geschockt über Neles Worte gehe ich vor Sofie in die Hocke.

„Ja, meine Süße, ich bin hier. Wollen wir nach Hause und gucken, welches Buch wir heute Abend lesen?", frage ich sie und drücke sie kurz an mich.

„Wir sollten uns vorerst nicht mehr sehen."

Immer und immer wieder schwirrt dieser Satz von ihr in meinem Kopf herum.

Ich weiß nicht, was ich tun soll. Ich muss heute Abend bei Sofie sein, kann sie nicht schon wieder alleine lassen.

Deshalb bleibt mir wohl nur zu versuchen, sie noch einmal anzurufen, um mit ihr zu reden, denn sie hat heute keinen einzigen meiner Anrufe entgegengenommen.

Ich werde sie nicht kampflos aufgeben.

Seit diesem furchtbaren Tag, an dem Klaras Eltern hier aufgetaucht sind, läuft einfach alles schief. Das

Schlimmste für mich ist, dass Nele meine Nachrichten und Anrufe komplett ignoriert.

Im Kindergarten ist sie nicht, sie ist krankgemeldet.

Ich kann mit meinen Emotionen gerade absolut nicht umgehen. Da ist einerseits unendliche Traurigkeit, weil ich sie schrecklich vermisse. Andererseits bin ich wütend, weil sie mir keine Chance gibt zu verstehen, was los ist. Ich bin mir sicher, wenn wir reden würden, würde es eine Lösung geben. Aber sie lässt mich nicht an sich heran. Diese Verzweiflung und Machtlosigkeit nagen an mir. Ich weiß, dass ich nichts tun kann.

Mein Herz krümmt sich beim Gedanken an Nele. Ich vermisse sie so unglaublich, dass es einfach nur wehtut.

Hätte ich keine Verantwortung zu tragen, würde ich mich in mein Bett verkriechen, die Bettdecke über mich ziehen und nicht mehr vor die Tür gehen. Zumindest vor und nach der Arbeit. Aber Sofie braucht mich und ich darf mir keine Fehler erlauben. Wenn Nowaks immer noch einen Weg suchen, mir das Sorgerecht zu entziehen, dann muss ich vorsichtig sein. Sie warten sicherlich nur darauf, dass ich irgendeinen Fehler begehe, den sie gegen mich verwenden könnten.

Sofie gibt mir die Kraft, diese Zeit zu überstehen.

Wer hätte gedacht, dass eine 2-Jährige es schafft, mich vor meiner Verzweiflung zu bewahren?

Nele

Die letzten Tage habe ich weder auf Nachrichten noch auf Anrufe von Leo reagiert. Ich stehe völlig neben mir und vermisse ihn schrecklich.

Lana hält sich fern, nachdem ich ihr geschrieben habe, dass ich Magen-Darm habe. Was natürlich nicht stimmt, aber sie wird sich hüten, das zu kontrollieren – hoffe ich zumindest.

Ich bin überzeugt, das Richtige getan zu haben. Ich muss mich von Leo und Sofie fernhalten, wenn ich nicht gefährden möchte, dass ihm das Sorgerecht entzogen wird.

Mein kümmerliches Herz sieht es leider anders. Jeder Gedanke an Leo führt unweigerlich dazu, dass es anfängt zu rasen. Gleichzeitig versuche ich, mich zu beruhigen, indem ich mir die eisigen Blicke von Frau Nowak wieder ins Gedächtnis rufe.

In meiner Verzweiflung ziehe ich mir alle möglichen Serien rein, die ich sonst niemals ansehen würde. Aber ich brauche Ablenkung.

Mein Schlafzimmer sieht aus wie nach einer Party. Na ja, abgesehen von den vollgeheulten

Taschentüchern. Die findet man dort eher selten. Überall liegen leere Flaschen, Becher und Teller.

Liebeskummer ist ein Arschloch! Ich sollte die Dinge beim Namen nennen. Alles andere bringt doch nichts.

Lana und ich sind uns seit Tagen nicht über den Weg gelaufen. Ich habe ihr sporadisch kurze Nachrichten geschrieben und die Küche nur aufgesucht, wenn ich absolut sicher war, ihr nicht zu begegnen.

Jetzt scheint es ihr zu reichen, denn sie stürmt, ohne mit der Wimper zu zucken, durch die Küche in meine Wohnung und kommt direkt ins Schlafzimmer gepoltert.

Noch im Schwung, mit der die Tür sie ins Zimmer bringt, versucht sie, stehen zu bleiben und stolpert dabei fast über ihre Füße. Gerade so kann sie sich fangen und schaut mich erschrocken und völlig verständnislos an.

„Sag mal, spinnst du? Du weißt, ich stehe immer hinter dir. Aber was du dir in deinem hübschen Köpfchen die letzten Tage zusammenreimst, lässt du gleich mal wieder bleiben. Warum zum Teufel versuchst du das alles mit dir alleine auszumachen?"

Sie hüpft zwischen dem ganzen Müll zu mir und lässt sich aufs Bett fallen.

Völlig überrumpelt von ihrem plötzlichen Erscheinen atme ich erst einmal tief durch.

„Hm … was meinst du?" Ich versuche dabei, eine unschuldige Miene aufzusetzen.

„Hör zu, Nele, ich kenne dich und weiß genau, was du denkst. Leo hat alles stehen und liegen lassen, um Sofie bei sich aufzunehmen. Aber auch er hat ein Leben vorher gehabt. Er kann nicht alle seine Kontakte aufgeben, nur damit Sofie niemals in Berührung mit fremden Menschen kommt. Es ist nicht so, als würde er ihr gefährliche oder fragwürdige Personen an die Seite stellen.

Du sagst doch selbst immer, es braucht ein Dorf, um ein Kind zu erziehen. Wo ist diese Lebensweisheit hin?"

Sie betet ihren Vortrag runter und nimmt mir damit jeglichen Wind aus den Segeln.

Den Kern meines Problemes hat sie sofort erkannt und weiß genau, warum ich mich hier eingeigelt habe.

„Warum lässt du den armen Leo so im Regen stehen? Er ist völlig fertig und versteht nicht einmal, warum du dich aus heiterem Himmel dazu entschieden hast, ihn wieder aus deinem Leben zu schmeißen."

„Woher …?"

„Ich bin ihm gerade über den Weg gelaufen und habe ihn gefragt, warum er aussieht, als hätte er eine Woche nicht geschlafen. Dann hat er mir alles erzählt." Sie schüttelt ungläubig den Kopf.

Die Tränen, die sich hinter meinen Lidern gebildet haben, sind nicht mehr aufzuhalten. Sie fließen, ohne dass ich etwas dagegen unternehmen kann.

Schluchzend werfe ich mich in Lanas Arme.

„Es tut mir leid, dass ich dich ausgeschlossen habe. Ich konnte absolut nicht damit umgehen und wollte mich in Selbstmitleid suhlen. Da warte ich mein halbes Leben auf den Mann, den ich schon immer geliebt habe, und dann mache ich beim ersten Problem dicht und schmeiße alles hin."

Meine beste Freundin streicht mir liebevoll über den Rücken und umarmt mich fest.

„Ach, du verrücktes Huhn. Ich kann gut verstehen, dass die Situation mit Klaras Eltern dich völlig aus der Bahn geworfen hat. Aber du weißt doch ganz genau, dass ihre Vorwürfe kompletter Blödsinn sind."

„Die ersten Tage war ich überzeugt, die richtige Entscheidung getroffen zu haben. Ich dachte, Leo ist ohne mich besser dran. Niemals wollte ich schuld sein, wenn Sofie ihren Vater wieder verlassen müsste. Ich habe Angst, dass Leo mich jetzt hasst. Dass er mich nicht mehr will und sauer auf mich ist", gebe ich leise zu.

„Er hat mir so oft geschrieben und versucht anzurufen. Aber nach einiger Zeit hat er aufgegeben. Er hat uns aufgegeben." Schluchzend sehe ich, wie Lana fassungslos den Kopf schüttelt.

Ich kann mich kaum beruhigen und klammere mich mit bebendem Körper an meine beste Freundin.

„Nein, das hat er nicht. Das würde er niemals tun." Sie streichelt mir über das Haar und wiegt mich sanft.

Mir wird gerade bewusst, wie blöd mein Verhalten die ganze Zeit über war.

Anstatt ruhig und sachlich zu bleiben, haben mich meine Selbstzweifel aufgefressen.

Ich weiß, wie es ist, ohne Eltern aufzuwachsen.

Sofie hat das Glück, dass sie wenigstens noch ihren Vater hat. Ich könnte es mir nie verzeihen, wenn ich ihr diese Chance nehmen würde.

Was ich an der ganzen Sache aber nicht beachtet habe, ist, dass meine Situation trotz allem eine andere war.

Ich habe mich verrannt und nur noch rot gesehen. Ich habe in der Angst gelebt, dass ihm Sofie weggenommen wird.

Inwiefern die Vorwürfe überhaupt Bestand haben, oder was wir tun könnten, um Leo zu helfen, ist mir nicht in den Sinn gekommen.

Jetzt ärgere ich mich, nicht vorher mit Lana gesprochen zu haben.

Sie hätte mich direkt aus meinen Selbstzweifel gerissen und mir die Augen geöffnet.

„Lana? Wieso siehst du aus, also wolltest du gerade ausgehen? Bitte sag mir, dass ich dich nicht von einem Date abhalte."

Lana winkt ab und drückt mich fest an sich.

Leo

Die Tage seit dem katastrophalen Vorfall mit Nowaks ziehen sich endlos.

Ich schleppe mich jeden Tag zur Arbeit und später wieder nach Hause.

Da Mia noch nicht zurück ist, helfen meine Eltern mir bei der Betreuung von Sofie.

Ehrlich gesagt habe ich ein furchtbar schlechtes Gewissen.

An den Vormittagen ist sie entweder im Kindergarten oder meine Mama ist bei uns. Manchmal kommt sogar Papa mit.

Sofie hat lieber ihre Oma um sich, da sie sich immer kreative Aufgaben einfallen lässt, damit es nicht langweilig wird. Das mag Sofie sehr. Ich glaube, meine Mutter genießt es.

Nachdem sie zwei Jungs groß gezogen hat, macht es ihr Spaß, sich auch mal mit etwas mehr *mädchenhafteren* Sachen zu befassen. Wobei meine Eltern immer der Meinung waren, dass Farben und Spielsachen für alle da sind, ohne Ausnahme.

Es liegt aber trotzdem in der Natur der Sache, dass Mädchen manche Dinge interessanter finden als Jungs. Und das nutzt meine Mama jetzt voll aus. Ich gönne es ihr von Herzen. Und Sofie sowieso.

Ohne diese Art der Betreuung ist es leider nicht machbar. Ich muss zwischendurch zu Josh ins Büro. Einiges kann ich im Homeoffice erledigen, aber das geht meistens erst spät abends, wenn Sofie schläft.

Deswegen habe ich mir für heute etwas Besonderes überlegt.

An diesem Samstag findet im Nachbarort ein Garagenflohmarkt statt.

Sofie und ich wollen erst eine Pyjama-Pfannkuchen-Party veranstalten und anschließend nach einem Laufrad Ausschau halten.

Den Helm habe ich die Tage bereits in einem Fachgeschäft besorgt.

Solllten wir fündig werden, steht außer Frage, was wir anschließend vorhaben.

Zum Glück werden wir fündig. Ein fast neues, quietschgrünes Laufrad hat es meiner kleinen Biene angetan.

Die frisch gebackene Besitzerin ist glücklich. Nach gefühlten zehn Stunden, die wir durch die Gegend gelaufen sind, möchte Sofie das Laufrad am liebsten mit ins Bett nehmen.

Das geht natürlich nicht und so haben wir unser wirklich erstes großes Problem.

Da ich aber praktisch veranlagt bin, fallen mir die großen Umzugskartons im Keller ein.

Sofie und ich schleppen einen davon in ihr Zimmer und bauen ihn neben ihrem Bett zusammen. Und schon hat das Laufrad seine eigene Garage. Voilà!

Und wenn es regnet, können wir die Laufrad-Garage gemeinsam verschönern.

Die Idee ist super, ich konnte Sofie allerdings gerade so davon überzeugen, nicht neben dem ihrer neuen Errungenschaft in der Garage zu campieren.

Schließlich braucht so ein Laufrad seine Ruhe beim Schlafen.

Ich merke, wie sich Denk- und Herangehensweise innerhalb kürzester Zeit verändert, wenn man Vater ist.

Für nichts auf der Welt würde ich das wieder hergeben wollen. Sofie gehört zu mir seit der ersten Sekunde, als ich sie sah. Genau so, wie Klara es geschrieben hat.

Ich bin dankbar, dass Klara mir so viele Fotos zusammen mit dem Brief hinterlassen hat.

Wenigstens dadurch kann ich an Sofies ersten zwei Jahren teilhaben.

Kaum hat die Biene die Augen an diesem Sonntagmorgen geöffnet, setzt sie sich den Helm auf und rennt aus ihrem Schlafzimmer.

„Papa, rausgehen!"

Blinzelnd öffne ich meine Augen und brauche einen Moment, um ganz wach zu werden.

„Ein Engelchen mit Helm", denke ich und muss schmunzeln, als ich bemerke, dass sie ihn falsch herum aufgesetzt hat.

„Kleine Biene, wir sollten erst frühstücken, sonst hast du gar keine Energie, um das Laufrad zu schieben. Was meinst du?"

Sofie scheint darüber nachzudenken.

„Wir könnten auch erstmal eine Runde …"

Ich lasse mir etwas Zeit, um sie auf die Folter zu spannen, „… kuscheln!". Ich springe aus dem Bett und schnappe sie mir. Sofie quiekt auf, als ich sie kitzelnd aufs Bett gleiten lasse.

Ausgiebiges Kuscheln und eine Schüssel Müsli später machen wir uns auf den Weg zum Spielplatz, auf dem sie mit ihrem Laufrad umherdüsen kann.

Es haben sich mittlerweile einige andere Kinder eingefunden, mit denen Sofie nun über den Spielplatz rennt. Eine ihrer Freundinnen aus dem Kindergarten ist auch dabei.

Beim Kletterturm passiert es dann: Einige Kinder stehen zusammen auf der Plattform, um mit der Seilrutsche zu fahren. Es kommt zu Gewusel und bevor ich reagieren kann, wird Sofie unabsichtlich gestoßen und fällt vom Turm. Obwohl ich daneben stehe, habe ich keine Chance, sie aufzufangen, weil alles viel zu schnell geht.

Der Turm ist nur zwei Meter hoch, doch Sofie fällt unglücklich und stößt sich den Kopf.

Noch nie hatte ich so ein Gefühl wie in diesem Moment. Urplötzlich ist mir eiskalt, Angst kriecht in mir hoch und Panik macht sich breit. Dann besinne ich mich in allerletzter Sekunde, knie neben meiner Tochter und fordere sie auf, liegen zu bleiben.

Sofie weint bitterlich und mein Herz zieht sich schmerzhaft zusammen. Ich streichle ihr Haar und flüstere ihr beruhigende Worte zu.

„Hier, nehmen Sie das Tuch, es ist noch unbenutzt und ich habe es ein wenig mit frischem Wasser getränkt", kommt mir ein anderer Mann zu Hilfe. An seiner Hand steht ein kleiner Junge, der ein wenig verschreckt aussieht.

Erst als er seinen Vater fragt, ob *das da* Blut sei und auf Sofie zeigt, sehe ich es auch. Am Haaransatz ihrer Stirn rinnt Blut herunter.

Meine Gedanken rasen, wir müssen ins Krankenhaus. Sie scheint eine Platzwunde zu haben und ich will unbedingt eine Gehirnerschütterung ausschließen. Sofie ist zwar ansprechbar, aber mit so etwas ist nicht zu spaßen.

Kurz gehe ich meine Optionen durch. Da ich ohne Auto hier bin, muss uns jemand hinbringen. Josh ist heute unterwegs und meine Eltern sind bei Freunden, die etwa eine Stunde entfernt wohnen.

Denk nach, Leo, wer könnte uns helfen?

Nele

Die ganze Nacht habe ich darüber nachgedacht, wie ich Leo gegenübertreten soll. Eine Nachricht zu schreiben, kommt nicht in Frage – viel zu unpersönlich.

Deshalb werde ich zu ihm gehen. Mein Entschluss steht fest. Nach einem späten Frühstück mache ich mich auf den Weg.

Die Ernüchterung kommt recht schnell, denn selbst nach mehrmaligem Klingeln macht niemand auf. Er ist nicht zuhause.

Geknickt trete ich den Rückzug an, doch da klingelt mein Handy.

Leo.

Soll ich rangehen? Oder doch lieber warten, bis er wieder zuhause ist? Eigentlich würde ich das lieber persönlich klären.

Während ich noch darüber nachdenke, machen sich meine Finger selbstständig.

„Hallo …", sage ich zögerlich.

„Nele, ich brauche deine Hilfe. Bitte, Sofie muss ins Krankenhaus", höre ich Leos aufgelöste Stimme an meinem Ohr. Mehr brauche ich nicht.

„Wo seid ihr? Ich komme sofort."

„Auf dem Spielplatz, der Vater von Marie läuft jetzt mit meinem Autoschlüssel los. Er bringt ihn dir. Wenn du am Auto wartest, findet er dich. Kannst du uns mit meinem Auto abholen? Wir haben sonst keinen Kindersitz."

„Sobald er hier ist, mache ich mich auf den Weg. Soll ich sonst noch etwas mitbringen? Wie geht es Sofie?"

„Nein, nein, ich glaube, wir brauchen sonst nichts. Sie hat eine Platzwunde und vielleicht eine Gehirnerschütterung. Sie weint und ist verängstigt. Ich kann nicht fahren und zugleich für sie da sein."

„Mach dir nicht zu viele Sorgen, Leo. Wir schaffen das. Sei du für deine Tochter da. Ich sehe Maries Vater bereits. Ich fahre sofort los. Bis gleich."

Als ich aufgelegt habe, bin ich froh, ans Telefon gegangen zu sein.

Die 15 Minuten, die wir bis zum Krankenhaus brauchen, verbringe ich schweigend. Leo streichelt Sofie immer wieder über den Kopf und flüstert ihr leise Worte zu. Er versucht, sie wach zu halten, solange wir noch nicht in der Notaufnahme sind.

Am Eingang lasse ich Leo mit Sofie auf dem Arm aussteigen und mache mich auf die Suche nach einem Parkplatz.

Nicht so einfach wie gehofft, denn sonntags sind hier offensichtlich eine Menge Besucher. Zum Glück finde ich ganz hinten in der letzten Ecke eine kleine Lücke und stelle mich dorthin.

Auf dem Weg vom Parkplatz zur Notaufnahme habe ich Zeit, mir einige Gedanken zu machen.

Dieses Unglück zeigt mir einmal mehr, wie wichtig mir Leo ist. Und nicht nur Leo. Auch Sofie habe ich mittlerweile so tief in mein Herz geschlossen, dass es mir beim Gedanken daran, dass sie jetzt verletzt auf Hilfe wartet, einen heftigen Stich versetzt.

Ich werde nicht zulassen, dass Nowaks mir dieses Glück kaputt machen. Sie haben kein Recht dazu, sich einzumischen, wo sie doch von ihrer eigenen Tochter nicht als Großeltern erwünscht sind. Dafür gibt es sicher Gründe.

Bei der Erinnerung, wie sie vor mir standen, zittern meine Beine. Deshalb kann ich mir lebhaft vorstellen, warum Klara diesen Brief geschrieben und beim Notar hinterlegt hat.

Ich werde niemals Sofies Mutter sein. Aber ich könnte ihre Bonusmama werden.

Diese Entscheidung liegt ganz bei Sofie. Mir wird warm ums Herz, wenn ich an sie denke. Sie ist so ein tapferes, lebenslustiges Mädchen. Ich wünsche mir nichts sehnlicher, als an Leos und Sofies Seite zu sein. Einfach nur als Nele.

Mit dieser Entscheidung betrete ich die Notaufnahme und erreiche Leo und Sofie nach wenigen Minuten.

Sie liegt an ihn gekuschelt auf einem Stuhl, als sie aufgerufen werden. Ihr Kopf ruht an seiner Brust, sie atmet ruhiger und ihre Tränen sind getrocknet. Sie wirkt erschöpft, denn ihre Augen fallen immer wieder zu. Mit einem zögerlichen Lächeln und einem Wink zu sich gibt Leo mir zu verstehen, dass ich sie begleiten soll.

Der behandelnde Arzt ist sehr einfühlsam und erklärt Sofie genau, was er vorhat, damit sie keine Angst haben muss.

Er säubert die Wunde und klebt ihr anschließend ein Klammerpflaster darauf. Gott sei Dank sah es schlimmer aus, als es war, und sie muss nicht genäht werden.

Der Arzt schließt eine Gehirnerschütterung aus. Mit der Aufforderung, ein Auge auf sie zu haben und sofort zurückzukommen, wenn sich ihr Zustand verschlechtern sollte, entlässt er Sofie. Erleichtert atme ich aus und fühle mich gleich viel besser.

Leo reibt sich die Anspannung aus dem Gesicht und schüttelt den Kopf. Ob er damit alle negativen Gedanken abschütteln und hier lassen möchte?

Schon auf dem Weg zum Parkplatz ist Sofie in Leos Armen eingeschlafen und schlummert die gesamte Rückfahrt vor sich hin.

Leo trägt sie ins Haus und legt sie im Wohnzimmer aufs Sofa. Er möchte sie nicht alleine lassen, was ich sehr gut nachvollziehen kann.

Etwas unschlüssig gehe ich auf Leo zu.

„Vorhin … als du angerufen hast, war ich auf dem Weg zu dir", beginne ich zögerlich. „Ich wollte mit dir reden. Ich weiß nicht, ob jetzt ein guter Zeitpunkt ist. Aber du solltest zumindest wissen, dass ich das vorhatte."

Leo erhebt sich vom Sofa und sieht mich mit einem warmen Blick an.

„Wollen wir einen Kaffee trinken und hier im Wohnzimmer reden? Sofie schläft und wir könnten uns leise unterhalten",

„Ja, das ist eine gute Idee."

„Alles klar, ich bereite alles vor. Würdest du solange bei ihr bleiben?"

Nickend bestätige ich Leos Frage und sehe ihm dabei zu, wie er den Raum verlässt.

Leo

Nele hat sich vor dem Sofa auf dem Boden niedergelassen. Mit dem Rücken an die Vorderseite gelehnt schaut sie zu mir auf, während ich das Tablett vor mir her balanciere.

Ich setze mich neben sie und reiche ihr eine der vorbereiteten Tassen.

Mit angewinkelten Knien und dem Kaffee in meiner Hand sehe ich Nele an.

Sie sieht müde aus. Ihre sonst so strahlenden Augen wirken eingefallen und trüb. Die Augenringe, die sich darunter befinden, sehen allerdings nicht aus, als kämen sie nur von einer schlechten Nacht.

Trotzdem ist sie wunderschön. Das war sie schon immer. Sie strahlt für mich etwas aus, das ich bisher nie bei einer anderen Frau gesehen habe.

Ihr gesamtes Sein zieht mich in ihren Bann und ich kann mal wieder den Blick nicht abwenden.

Wie gerne würde ich sie jetzt küssen und in meine Arme ziehen.

Sie fehlt mir so unglaublich, dass es fast wehtut. Aber ich muss mich gedulden.

Ich möchte sie nicht überrumpeln, wenn ich nicht einmal weiß, ob sie es zulassen würde.

Während mein Puls rast und ich das Gefühl habe, vor Verlangen nach ihr zu verglühen, sitzt sie neben mir und strahlt eine unglaubliche Ruhe aus. Ob es in ihr drin auch so aussieht?

Langsam werde ich unruhig, ich kann kaum still sitzen und nehme mir zur Ablenkung einen Keks.

„Der Tag, an dem Nowaks herkamen", beginnt Nele leise, „war schrecklich. Sie haben mich eiskalt erwischt und mir furchtbare Dinge an den Kopf geworfen."

Ich drehe mich zu Nele und sehe sie an.

„Sie haben behauptet, wir würden Sofie traumatisieren, weil sie ständig von fremden Menschen umgeben ist. Ihre Wut, die sie in ihre Worte gelegt haben, war körperlich spürbar. Die Angst, die ich bei Sofie gespürt habe, weil sie so gebrüllt haben …"

Eine Träne löst sich und läuft Nele die Wange herunter.

„Ich war so hilflos. Vor allem, weil sie mir vorwerfen, mich als neue Mutter aufzuspielen. Sie haben zugegeben, mich beobachtet zu haben. Leo, ich habe mir das nicht eingebildet all die Zeit. Sie waren das."

Nele so aufgewühlt und in Tränen aufgelöst neben mir sitzen zu haben, ohne sie zu berühren, bringt mich fast um.

Ich rücke etwas näher an sie heran und strecke ihr meine Arme entgegen, um ihr die Wahl zu lassen.

Sie lässt sich nicht lange bitten, sondern stellt ihre Tasse auf den Tisch und setzt sich auf meinen Schoß. Ihre Arme schlingen sich um meinen Rücken und sie drückt sich an meine Brust.

Ich streichle ihr beruhigend übers Haar, während ihre warmen Tränen durch mein Shirt sickern.

Einige Minuten vergehen, bevor das Zittern und Schluchzen allmählich weniger werden.

„Es tut mir leid, was du dir anhören musstest", versuche ich leise, das Gespräch wieder aufzunehmen, aber Nele unterbricht mich.

Sie legt ihre Hand auf meine Brust und sagt:

„Warte bitte, ich muss noch etwas loswerden.

Nowaks haben einiges gesagt und gleichzeitig durch ihre Körperhaltung unglaubliche Wut und Entschlossenheit ausgedrückt. Ich hatte plötzlich Panik. Nicht, dass sie mir etwas antun könnten. Ich hatte Angst um Sofie. Ich will auf keinen Fall der Auslöser dafür sein, dass du durch mich das Sorgerecht entzogen bekommen könntest. Es ist nicht meine Absicht, *Mutter* für Sofie zu sein oder Klara zu ersetzen. Klara wird immer ihre Mama bleiben."

Ich sehe Nele an, dass das Thema sie sehr mitnimmt. Immerhin hat sie eine ähnliche Geschichte.

„Der Auftritt von Klaras Eltern, nein, das, was sie gesagt haben, war der Grund für meinen

Rückzug. Es war dumm von mir. Es tut mir leid, Leo."

Nele nimmt ihre Hand, die bis eben dort ruhte, von meiner Brust. Sofort spüre ich, wie mir ihre Wärme fehlt. Bevor ich deswegen protestieren kann, greift sie nach meiner Hand und verschränkt unsere Finger miteinander.

Ein Lächeln schleicht sich in mein Gesicht und ich spüre, wie sich Wärme in meinem Körper ausbreitet.

„Ich kann nicht auf dich verzichten. Und auch nicht auf Sofie. Wir müssen einen anderen Weg finden, damit umzugehen. Aber ich will euch in meinem Leben! Ich will nicht Sofies neue Mutter sein, sondern ihre *Nele*. Und deine Partnerin. Sofie soll entscheiden, ob ich dadurch eine Bonusmama sein werde oder einfach nur Nele. Es ist und bleibt alleine ihre Entscheidung."

Während Nele spricht, sieht sie mir entschlossen in die Augen. Ihr Blick ändert sich von Trauer zu Entschlossenheit und am Ende sogar zu fragend.

Nach diesen wunderbaren Worten kann ich gar nicht anders und senke meine Lippen auf ihre.

Ich lege all meine Liebe zu dieser hinreißenden Frau in den Kuss.

Zuerst erwidert sie ihn zögerlich, aber nach einem kurzen Augenblick legt sie eine Zärtlichkeit hinein, die mir den Atem raubt.

Mein Herzschlag wird mit jeder Sekunde schneller und für einen Augenblick fühlt es sich so an, als würden sich unsere Herzen im Einklang befinden.

Als wir uns voneinander lösen, weiß ich nicht, wie viel Zeit vergangen ist. Aber das ist auch egal. Wichtig ist nur, dass wir uns wiederhaben und endlich alles geklärt ist.

„Ich liebe dich, Nele. Seit ich denken kann, liebe ich nur dich. Versprich mir, dass wir reden, sobald dich irgendetwas beschäftigt. Wir gehören zusammen und wir können alles schaffen. Ich weiß endlich, was mir all die Jahre gefehlt hat."

Nele strahlt und ihre Augen glitzern wieder verdächtig.

„Ich liebe dich auch. Wir haben uns wohl gegenseitig etwas vorgemacht. Von wegen beste Freunde. Ich wollte nie *nur* deine beste Freundin sein."

„Du warst mir immer wichtig. Aber es hat mir nicht gereicht, ich wollte mehr. Ich will mehr. Ich will dich als beste Freundin und als Frau an meiner Seite. Wer weiß, wozu es gut war. Vielleicht hätte eine Beziehung damals niemals dazu geführt, dass wir für immer zusammen bleiben. Wir waren sehr jung. Jetzt sind wir reifer, wissen, was das Leben uns bietet und was wir wollen."

„Ich will vor allem, dass du mich jetzt küsst", haucht Nele mit einem Blick auf meinen Mund.

Das lasse ich mir nicht zweimal sagen.

Dieser Kuss ist anders. So viel mehr. Mein Herz rast und ich spüre Nele mit jeder Faser meines Körpers – so fest, wie sie sich an mich drückt.

Ihre Leidenschaft ist ansteckend und wir verlieren uns in diesem Moment.

Ein Rascheln lässt uns atemlos auseinanderfahren. Eine Schrecksekunde lang bin ich verwirrt, um direkt im Anschluss erleichtert darüber zu sein, dass wir uns nicht zu mehr haben hinreißen lassen.

Sofie, die immer noch hinter uns auf dem Sofa liegt, ist aufgewacht. Ihr grummelnder Magen gibt uns zu verstehen, dass es so langsam Zeit wird, etwas zu essen.

In der Küche kochen wir Nudeln mit Tomatensoße aus dem Glas. Nach dieser ganzen Aufregung muss es schnell und einfach gehen.

Den Rest des Tages verbringen wir zusammen mit Sofie in ihrem Kinderzimmer.

Um kein Risiko einzugehen, wird gemalt und gepuzzelt. Alles Dinge, die mit Ruhe verbunden sind, damit sie sich erholen kann.

Nele

Sofie hat sich Gott sei Dank vom Schreck heute erholt und schläft.

Sie musste weder brechen noch hat sie über Kopfschmerzen geklagt. Scheinbar hatte sie einen Schutzengel.

Leo und ich kuscheln auf dem Sofa. Gedankenverloren streichle ich seine Brust.

„Hast du Angst wegen des Sorgerechts?"

„Nein. Klara hat mir einen Brief und eine Sorgerechtsverfügung mit Ausschluss ihrer Eltern hinterlassen. Den wollte ich dir längst zeigen, aber es gab bisher keine Gelegenheit."

Zerknirscht schlage ich mir die Hände vors Gesicht.

„Das ist meine Schuld. Hätte ich mich nicht zurückgezogen, wäre bestimmt Gelegenheit dazu gewesen."

Leo küsst mich auf die Schläfe und flüstert:

„Mach dir keinen Kopf, es wird alles gut. Warte kurz, ich hole ihn."

Wenige Augenblicke später steht er mit dem Brief in der Hand vor mir.

„Hier, Klara hat ihn an Sofies erstem Geburts-tag geschrieben. Sollten ihre Eltern jemals versuchen, das Sorgerecht zu bekommen, wird er helfen."

Ich richte mich auf und nehme den Brief entgegen.

Mein Blick wandert auf dem auseinander-gefalteten Stück Papier hin und her.

Während ich lese, sinkt Leo neben mich und legt seinen Arm um meine Schultern. Sanft streichelt er über meine Oberarme und lässt mir Zeit beim Verinnerlichen der Zeilen.

„Wow, heftige Worte. Es tut mir so unendlich leid, dass Klara eine derartige Kindheit erleben musste. Es muss grausam gewesen sein. Ich fühle, wie wichtig es ihr war, eine tolle Mama für Sofie zu sein."

Der Brief liegt in meinem Schoß. Ich runzele die Stirn und drehe mich zu Leo.

„Können wir nicht irgendetwas tun, um sicherzugehen, dass Klaras Eltern sich von Sofie fernhalten?"

„Du solltest eine Anzeige wegen Hausfriedens-bruch erstatten. Sie standen unerwünscht auf deinem Grundstück und haben dich angeschrien. Damit nicht genug, sie haben zugegeben, dich seit einer Weile beobachtet zu haben. Ich denke, du solltest zur Polizei gehen. Vielleicht können sie dir sagen, welche Möglichkeiten du hast."

Leos Worte beruhigen mich ungemein. Ich lasse mich gegen seine Brust sinken und atme tief ein.

Es tut so gut ihn zu spüren, seine starken Arme um mich. So geborgen und angekommen habe ich mich bisher noch nie gefühlt.

„Ich liebe dich, Leo."

„Und ich liebe dich, bitte bleib heute Nacht bei mir. Es könnte zwar sein, dass Sofie sich zwischen uns drängelt, aber vielleicht kannst du damit umgehen?"

Eine Augenbraue zuckt fragend nach oben und ein Grinsen schleicht sich auf sein Gesicht. Seine Augen strahlen und drücken so viel Zuneigung aus.

Mit der Nase stupst er meine an. Ganz so, als wolle er mich an meine Antwort erinnern.

„Ich könnte mir nichts Schöneres vorstellen, als meine Nächte mit euch zu verbringen."

Epilog
Nele

Drei Monate später

Omas Haus hätte sicher einiges zu erzählen über das, was hinter diesen Mauern in den letzten Wochen passiert ist. Auch wenn ich nicht alles mitbekommen habe, ist hier so einiges im Busch, was allerdings eine andere Geschichte ist.

Heute wird mein Gäste- zum Kinderzimmer umgewandelt, denn Sofie und Leo ziehen zu mir.

Ich weiß, dass das eigentlich zu früh ist. Zwar sind wir noch nicht so lange ein Paar, kennen uns aber schon ewig und wissen genau, dass wir zusammengehören.

Wir haben eine Weile darüber nachgedacht, wie es für Sofie sein wird, schon wieder umzuziehen.

Aber am Ende war die Wohnung gegenüber sowieso nur eine Übergangslösung.

Es ging nicht anders. Leo hatte keine Wohnung, in der genug Platz für ihn und Sofie gewesen wäre, mit Mia zusammen schon gar nicht.

Daher musste ich nicht lange überlegen, denn immerhin ist Omas Haus groß genug.

Wo Leo schlafen wird, ist ja wohl klar, und das Arbeitszimmer teilen wir uns einfach.

Um es Sofie ein wenig einfacher zu machen, werden wir einen kleinen Kater aus dem aktuellen Wurf einer entfernten Nachbarin bei uns aufnehmen, denn Lana hat sich mit Tieren als Therapiehilfe auseinandergesetzt.

Ich finde die Idee grandios, da ich schon lange mit dem Gedanken gespielt habe, mir ein Haustier zuzulegen.

Es ist also keineswegs eine übereilte Entscheidung, es passt einfach nur gerade und wird Sofie alles ein wenig erleichtern.

Sofie kann es kaum erwarten, dass die zwei Wochen endlich um sind, bevor wir das kleine Fellknäuel bei uns aufnehmen dürfen.

Vorher darf sie noch einen Katzenkorb in der Zoohandlung aussuchen und ist deshalb schon ganz hibbelig. Sie überlegt bereits, welche Farbe er haben und wo in ihrem Zimmer er stehen soll.

So ein lustiger Umzug wie heute ist mir bisher nicht untergekommen.

Mit diversen Möbelteilen zieht die Karawane über die Straße.

Leo läuft vor, Josh dahinter und zuletzt Tom. Im Zwergenmarsch hüpfen die drei Männer hintereinander her und lachen so laut, dass ich mich frage, ob die Nachbarn sich demnächst wegen Ruhestörung beschweren oder einen Camping-stuhl an die Straße stellen, um sich das Schauspiel in Ruhe anzusehen.

Fehlt nur, dass die Jungs anfangen „Heiho, heiho, wir sind vergnügt und froh" zu singen.

Kichernd verlassen Mia und ich das Schauspiel und begeben uns in Sofies neues Zimmer.

Ich betrachte die fliederfarbenen Wände und erinnere mich an den damaligen Moment im Baumarkt. Ich hatte überlegt, das gesamte Zimmer oder nur eine Wand so zu streichen. Sofie mag die Farbe und somit darf sie bleiben. Lediglich das Gästebett und der Schrank mussten raus.

Die angebrachten Regale neben dem Fenster können bleiben. Vielleicht hat Sofie Lust, sie irgendwann mit mir anzumalen.

Leo und Tom stellen gerade das Bett in die Zimmerecke, als mir auffällt, dass Lana ver-schwunden ist.

Verwundert drehe ich mich einmal im Kreis.

„Hat jemand Lana gesehen? Sie ist seit einer Weile nicht mehr hier."

Mia nickt und grinst.

„Stimmt, sie ist schon länger weg."

Tom sieht Leo wissend an, hebt eine Augenbraue und zuckt grinsend mit den Schultern.

„Scheint, als *verlieren* wir unterwegs ein paar Mann."

Mit den Fingern malt er beim Wort *verlieren* Gänsefüßchen in die Luft.

Beide lachen und schütteln den Kopf.

Bevor ich meinen Senf dazugeben kann, taucht Josh plötzlich hinter den beiden auf.

„Na los, ihr macht doch wohl nicht schlapp, Männer. Auf geht's."

Josh haut den beiden kräftig auf die Schulter, dreht sich um und läuft wieder raus.

Einige Wochen nach dem Umzug

Das Zusammenleben mit Sofie und Leo ist entspannter, als ich mir jemals vorgestellt habe.

Seit Fritzi hier eingezogen ist, ist Sofie nur im Doppelpack anzutreffen. Die beiden sind zuckersüß zusammen.

Eigentlich war der Katzenkorb in ihrem Zimmer als Schlafplatz für den Kater gedacht, jedoch haben wir offensichtlich den Plan ohne Fritzi gemacht.

Sobald Sofie zuhause ist, läuft er ihr hinterher und die beiden verschwinden in ihrem Zimmer. Sofie singt und tanzt, Fritzi schläft in ihrem Bett oder läuft neben ihr her.

Der kleine Kater hört ihr bei sämtlichen Geschichten und Erzählungen zu und schnurrt zufrieden vor sich hin.

Wenn sie an ihrem Schreibtisch sitzt und malt, liegt er zusammengerollt neben ihren Stiften und schläft.

Fritzi tut ihr definitiv gut.

Sofie hat keine Angst mehr davor, nachts alleine in ihrem Zimmer zu schlafen, denn sie hat ja nun den kleinen Kater. Außerdem wacht ihre Trauerpuppe immer an ihrer Seite.

Von Klaras Eltern haben wir nichts mehr gehört. Hoffentlich bleibt das so.

Wir sind gewappnet und werden niemals zulassen, dass Sofie von ihrem Vater getrennt wird.

Ich hoffe, Leo behält recht und wir müssen uns keine Sorgen mehr um Nowaks machen. Er sollte ihnen klar zu verstehen gegeben haben, dass sie keine Chance haben, ihm seine Tochter zu entreißen.

Sofie und ich verstehen uns ausgezeichnet. Da sie in meiner Kindergartengruppe ist, verbringen wir natürlich besonders viel Zeit miteinander. Sie vertraut mir und hat uns bisher nie das Gefühl gegeben, dass sie nicht gerne an der Seite ihres Papas ist.

Leo und ich genießen die Zeit zusammen. Wie früher haben wir viel Spaß, sind nicht nur wieder beste Freunde, sondern vor allem ein Paar – und das ist die beste Kombination, die ich mir je wünschen könnte.

Seine neue Rolle als Vater meistert Leo hervorragend und ist in meinen Augen der geborene Papa.

Er nimmt sich die Zeit, seiner Tochter zuzuhören und sie in ihrer Trauerphase zu begleiten. Die beiden werden immer mehr zu einer Einheit, was mich außerordentlich freut.

Selbst Mia ist hergezogen, aber das ist eine andere Geschichte. Das Wichtigste ist, dass sie weiterhin eine tragende Rolle in Sofies Leben spielen wird. Ich mag sie und bin froh, sie mittlerweile als Freundin bezeichnen zu können.

„Wollen wir uns auf die Terrasse setzen? Es ist gerade so schön draußen."

Leo legt seine Arme um meinen Rücken und küsst mich zärtlich. Sofie schläft schon.

Wie so oft vergessen wir Raum und Zeit um uns herum.

„Bist du sicher, dass du auf die Terrasse möchtest?" , raune ich ihm ins Ohr.

Er lacht leise auf.

Mit funkelnden Augen zieht er mich näher zu sich und küsst mich stürmisch.

„Planänderung!", murmelt er gegen meine Lippen.

ENDE

Danke

Hier ist die Stelle, an der ich nun ein paar persönliche Worte an Euch richten darf.

Auszudrücken, was für ein wahnsinnig tolles Gefühl es war, mein Manuskript, ersten Freunden und Bekannten zum Lesen zu geben, ist nicht in Worte zu fassen. Es ist immer noch überwältigend.

Die Reise hierhin war aufregend, spannend, zeitintensiv und manchmal auch anstrengend aber jede Mühe wert.

Würde es, wie bei einer Urlaubsreise, Fotos von den einzelnen Etappen geben, müsste ich mehrere Alben anlegen. Denn jeder Moment war wundervoll, jede Information goldwert. Bilder und Texte würden etliche Seiten füllen und ich würde sie gut sichtbar ins Regal stellen, um hin und wieder in den Erinnerungen zu baden.

Ich bin dankbar für diese Erfahrungen und die vielen lieben Menschen, die ich unterwegs kennenlernen durfte.

Unter Anderen, einige meiner TestleserInnen.

Danielle, Mandy, Miriam, Annika, Sabrina, Sabine, Tina, Rieke, Klara, Melanie, Katia, mein Mann und nicht zu vergessen Yvonne – ein riesiges Dankeschön an Euch!

Ihr habt mir eure Zeit geschenkt, indem ihr, nicht nur mein Buch gelesen, sondern mir auch euer Feedback gegeben habt. Das ist nicht selbstverständlich und deshalb DANKE!

Katrina und Anna danke an Euch beide für das Lektorat und den Buchsatz. Vor allem aber für Eure Geduld, denn ich hatte viele Fragen, die ihr mir immer wieder geduldig beantwortet habt :-)

An meinem Mann und unsere Kinder: Merci! Ohne Euch an meiner Seite wäre das alles nicht möglich gewesen. Ich liebe Euch <3

Zuletzt aber möchte ich mich bei Dir bedanken, dass Du Dich für mein Buch entschieden und es gelesen hast. Ich hoffe, die Geschichte um Nele und Leo hat dir gefallen und Du hast bereits Lust auf ein Wiedersehen mit Lana in Band 2 der Brausepulver-Momente Reihe.

Bis dahin, wünsche ich Euch eine schöne Zeit.

Eure Leonie

Meine Herzensbitte an Dich

Nimm dir nach einem gelesenen Buch kurz Zeit, ein paar Sterne zu verteilen und eine Rezension zu verfassen. Es hilft dem jeweiligen Autoren wirklich sehr.

Nicht nur ich würde mich enorm freuen, zu wissen wie Euch mein Buch gefallen hat, sondern auch zukünftige Leser.

Vielleicht lest ihr selber Rezensionen, bevor ihr euch für oder gegen ein neues Buch entscheidet, dann wisst ihr, was es bewirkt.

Herzlichen Dank <3

Immer Nur Seit Dir: Lana & Josh
Band 2 der Brausepulver-Momente Reihe:

Lana glaubt nur an die Liebe in Romanen. Doch dann steht plötzlich der heiße Romantyp aus ihrer aktuellen Abendlektüre vor ihr, zumindest sieht er genau so aus. Ihre Gefühle fahren Achterbahn.

Josh hat mit der Liebe abgeschlossen. Den Schmerz, der mit Beziehungen einhergeht, möchte er nie wieder erleben. Doch als er auf Lana trifft, beginnt er an seiner Entscheidung zu zweifeln.

Nachdem sie sich näher gekommen sind, zieht sie sich plötzlich zurück und verschwindet aus seinem Leben.

Josh versteht die Welt nicht mehr und versucht neben, seiner Vergangenheit nun auch noch seine Gegenwart wieder in den Griff zu bekommen.

Werden Sie einen Weg finden, die Missverständnisse aus dem Weg zu räumen?

Schnipsel aus dem Buch:
„Heiliger Bim Bam, was war das denn?"

Murmelnd und mit erhöhtem Puls begebe ich mich zurück in die Gruppe mit dem Versuch, die Gedanken und meinen Herzschlag zu zügeln.

Gar nicht so leicht, wenn Kjell höchstpersönlich plötzlich vor dir steht. Und das an deinem Arbeitsplatz. Wo, ich betone – Kinder anwesend sind!

Über die Autorin

Leonie Lemmer schreibt unter einem Pseudonym.

Sie wurde an einem Wintertag Ende 1980 in Luxemburg geboren. Ende 2017 ist sie mit mit ihrer Familie in die Heimat ihres Mannes, den Norden Deutschlands, gezogen. Als Kind war sie schon immer musikalisch und kreativ unterwegs. Bücher verschlang sie seitdem sie lesen konnte und tut es noch heute. Trotzdem fand sie die Leidenschaft zum selber Schreiben erst in der Corona Zeit. Seitdem hat sie damit nicht mehr aufgehört.